De alchemist

Leverbare boeken van Paulo Coelho
bij De Arbeiderspers:

De pelgrimstocht naar Santiago
De alchemist
Aan de oever van de Piedra huilde ik
De Vijfde Berg
Veronika besluit te sterven
De duivel en het meisje
De strijders van het licht
Elf minuten
Leven – de mooiste citaten
De Zahir
Als een rivier
De heks van Portobello
De hoogste gave
Brida

Over Paulo Coelho:
Juan Arias, *Paulo Coelho. De bekentenissen van een pelgrim*

Bezoek ook de website van Paulo Coelho:
www.paulocoelho.com

Paulo Coelho

De alchemist

Vertaald door Harrie Lemmens

Uitgeverij De Arbeiderspers
Amsterdam · Antwerpen

Eerste druk november 1994
Achtenvijftigste druk juli 2008

Oorspronkelijke titel: *O Alquimista*
Uitgave: Editora Rocca Ltda., Rio de Janeiro

Omslagontwerp: Nico Richter
Omslagillustratie: Moebius
Foto auteur: Boris Buzin, Kazachstan;
© Paulo Coelho 2004

ISBN 978 90 295 0898 8/NUR 302
www.arbeiderspers.nl
www.paulocoelho.com

Voor J.
Alchemist die de wetten van het grote werk kent en toepast

Inhoud

Voorwoord

Het is belangrijk vooraf iets te zeggen over het feit dat *De alchemist* een symbolisch boek is, anders dan *De pelgrimstocht naar Santiago*, dat een non-fictiewerk was.

Ik heb elf jaar alchemie gestudeerd. Alleen het idee al metalen te kunnen veranderen in goud, of het levenselixer te ontdekken, was te boeiend om onopgemerkt te blijven voor iedere beginneling in de magie. Ik geef toe dat het levenselixer mij het meest trok: vóór ik het bestaan van God begreep en voelde, was de gedachte dat alles ooit zou eindigen voor mij iets om wanhopig van te worden. Toen ik dus hoorde dat het mogelijk moest zijn een drankje te maken waarmee ik mijn bestaan vele jaren kon rekken, besloot ik onmiddellijk mij daar volledig aan te wijden.

Het was een tijd van grote maatschappelijke veranderingen – begin jaren zeventig – en er waren nog geen serieuze publicaties over alchemie verschenen. Net als een van de personages uit dit boek besteedde ik het weinige geld dat ik had aan de aanschaf van geïmporteerde boeken, en ik bracht vele uren van mijn dagen door met het bestuderen van de ingewikkelde symboliek. Ik zocht twee of drie mensen in Rio de Janeiro op, die zich serieus wijdden aan het grote werk, maar zij weigerden mij te ontvangen. Daarnaast kende ik een aantal andere personen die zich uitgaven voor alchemisten, laboratoria hadden en beloofden mij de geheimen van de kunst bij te brengen tegen werkelijk astronomische bedragen; nu weet ik dat ze niets wisten van wat ze pretendeerden te onderwijzen.

Ondanks alle ijver die ik aan den dag legde, waren de resultaten nihil. Er gebeurde niets van alles wat de alchemiehandboeken beweerden in hun ingewikkelde taal, een eindeloze reeks symbolen, draken, leeuwen, zonnen, manen en mercuriussen.

Iedere keer weer had ik de indruk dat ik op de verkeerde weg zat, want symbolentaal laat altijd enorm veel ruimte voor meervoudige uitleg. In 1973, de wanhoop nabij omdat ik geen stap vooruitkwam, beging ik een vreselijke stommiteit. Ik was door het ministerie van Onderwijs van Mato Grosso als docent benoemd aan de toneelschool in die deelstaat, en ik besloot mijn studenten te gebruiken bij werkgroepen die als thema de tafel van smaragd hadden. Dat leidde ertoe, samen met een paar privé-speurtochten door het moerassige gebied van de magie, dat ik een jaar later aan den lijve ondervond wat het is om leergeld te betalen. Mijn hele wereld stortte in.

De volgende zes jaar van mijn leven was ik behoorlijk sceptisch ten aanzien van alles wat met mystiek te maken had. Tijdens die spirituele ballingschap leerde ik een aantal belangrijke dingen: dat je een waarheid pas accepteert als je haar eerst vanuit de grond van je hart ontkent, dat je niet moet vluchten voor je eigen bestemming, en dat Gods hand eindeloos gul is, ondanks zijn strengheid.

In 1981 leerde ik de orde van RAM en mijn meester kennen, die mij terug zou brengen naar de weg die voor mij uitgestippeld is. En terwijl hij mij trainde en lesgaf, begon ik opnieuw op eigen houtje alchemie te studeren. Toen we een keer 's avonds na een lange, uitputtende telepathiesessie wat zaten na te praten, vroeg ik hem waarom de taal van de alchemisten zo vaag en ingewikkeld was.

'Er zijn drie soorten alchemisten,' zei mijn meester. 'Zij die vaag zijn omdat ze niet weten waarover ze praten; zij die vaag zijn omdat ze weten waarover ze praten, maar ook weten dat de taal van de alchemie zich tot het hart richt en niet tot het verstand.'

'En wat is de derde soort?' vroeg ik.

'Zij die nooit van alchemie hebben gehoord, maar door hun manier van leven de steen der wijzen ontdekken.'

En daarop besloot mijn meester – die tot de tweede soort behoorde – mij alchemieles te geven. Ik ontdekte dat de symbolentaal, die mij zo irriteerde en verwarde, de enige manier was om te komen tot de ziel van de wereld, of wat Jung het 'collectief onbewuste' noemt. Ik ontdekte de eigen legende en de tekens van God, waarheden die mijn intellectuele verstand weigerde te accepteren vanwege hun eenvoud. Ik ontdekte dat het volbrengen van het grote werk niet de taak van enkelen is, maar van alle menselijke wezens op aarde. Natuurlijk manifesteert het grote werk zich niet altijd in de vorm van een ei en een flesje drank, maar ieder van ons kan zonder uitzondering opgaan in de ziel van de wereld.

Daarom is *De alchemist* óók een symbolische tekst. Ik probeer niet alleen alles over te brengen wat ik daarover heb opgestoken, maar ook eer te betonen aan grote schrijvers die tot de universele taal hebben weten te komen: Hemingway, Blake, Borges (die eveneens de Perzische geschiedenis gebruikt heeft voor een van zijn verhalen), Malba Tahan en anderen.

Ter afsluiting van dit lange voorwoord, en ter illustratie van wat mijn meester bedoelde met de derde soort alchemisten, een verhaal dat hij mij zelf verteld heeft in zijn laboratorium.

Eens besloot Onze-Lieve-Vrouw met het Kindje Jezus in haar armen terug te keren op aarde en een klooster te bezoeken. Trots hadden alle paters zich opgesteld in een grote rij, en een voor een traden ze voor de Heilige Maagd om haar eer te betuigen. Een droeg prachtige gedichten voor, een ander liet zijn miniaturen voor de bijbel zien, een derde somde alle heiligen op. En zo bewezen ze allemaal, monnik na monnik, eer aan Onze-Lieve-Vrouw en het Kindje Jezus.

Helemaal achter in de rij stond een pater, de nederigste van het klooster, die nooit de geleerde boeken uit die tijd had bestudeerd. Zijn ouders waren eenvoudige mensen die in een oud circus in de buurt werkten, en alles wat ze hem hadden geleerd was een beetje jongleren.

Toen hij aan de beurt was, wilden de andere paters de hommage beëindigen, want de ex-jongleur had niets belangrijks te melden en kon het imago van het klooster beschadigen. Maar ook hij voelde in zijn hart een immense behoefte om iets van zichzelf aan Jezus en de Heilige Maagd te geven.

Beschaamd, de verwijtende blikken van zijn medebroeders in de rug, haalde hij een paar sinaasappels uit zijn zak en begon ermee te jongleren, want dat was het enige wat hij kon.

Toen pas lachte het Kindje Jezus en begon in zijn handjes te klappen op schoot bij Onze-Lieve-Vrouw. En de Maagd stak haar armen naar hem uit en liet hem het kind even vasthouden.

De schrijver

Op hun tocht kwam hij in een dorp, waar een vrouw die Martha heette, hem in haar woning ontving. Ze had een zuster, Maria, die gezeten aan de voeten van de Heer luisterde naar zijn woorden. Martha werd in beslag genomen door de drukte van het bedienen, maar ze kwam er een ogenblik bij staan en zei: 'Heer, laat het U onverschillig, dat mijn zuster mij alleen laat bedienen? Zeg haar dan dat ze mij moet helpen.' De Heer gaf haar ten antwoord: 'Martha, Martha, wat maak je je bezorgd en druk over veel dingen. Slechts één ding is nodig. Maria heeft het beste deel gekozen, en het zal haar niet ontnomen worden.'

Lucas 10:38-42

Proloog

De alchemist pakte een boek dat iemand in de karavaan bij zich had. De kaft was eraf, maar hij kon zien wie de schrijver was: Oscar Wilde. Bij het doorbladeren kwam hij een verhaal tegen over Narcissus.

De alchemist kende de legende van Narcissus, een knappe jongeman die iedere dag zijn eigen schoonheid ging bewonderen in het meer. Hij werd zo gefascineerd door zichzelf, dat hij op zekere dag in het meer viel en verdronk. Op de plaats waar hij gevallen was, groeide een bloem, die narcis werd genoemd.

Maar zo rondde Oscar Wilde het verhaal niet af.

Hij zei dat er, toen Narcissus stierf, enkele oreaden–bergnimfen–aankwamen, die zagen hoe het meer veranderd was in een moeras van zilte tranen.

'Waarom huil je?' vroegen de oreaden.

'Ik huil om Narcissus,' zei het meer.

'Dat verbaast ons niet, dat je huilt om Narcissus,' vervolgden zij. 'Per slot van rekening liepen wij allemaal achter hem aan, maar was jij de enige die van dichtbij naar zijn schoonheid mocht kijken.'

'Was Narcissus dan mooi?' vroeg het meer.

'Wie zou dat beter kunnen weten dan jij?' reageerden de oreaden verbaasd. 'Per slot van rekening boog hij zich iedere dag op jouw oevers voorover.'

Het meer bleef even stil. Ten slotte zei het: 'Ik huil om Narcissus, maar ik heb nooit gemerkt dat Narcissus knap was. Ik huil om Narcissus omdat ik, telkens als hij op mijn oevers ging liggen, diep in zijn ogen mijn eigen schoonheid weerkaatst kon zien.'

'Wat een mooi verhaal,' zei de alchemist.

Eerste deel

De jongen heette Santiago. Het begon te schemeren toen hij met zijn kudde aankwam bij een oude verlaten kerk. Het dak was er grotendeels af en waar vroeger de sacristie was geweest stond een enorme vijgenboom.

Hij besloot daar te overnachten, dreef de schapen door het open deurgat naar binnen en sloot dat af met een paar planken, zodat er 's nachts geen een kon ontsnappen. In die streek zaten weliswaar geen wolven, maar een keer was er een dier 's nachts weggelopen en had hij een hele dag moeten zoeken voor hij het gevonden had.

Hij legde zijn jas op de grond en ging liggen met het boek dat hij net uit had als kussen. Voor hij in slaap viel, bedacht hij dat hij dikkere boeken moest gaan lezen: daar had hij langer wat aan en het waren betere kussens voor 's nachts.

Het was nog donker toen hij wakker werd. Hij keek omhoog en zag de sterren flonkeren door het half vernielde dak.

Ik zou nog wel even willen slapen, dacht hij. Hij had dezelfde droom gehad als de week ervoor, en ook nu weer was hij vóór het einde wakker geworden.

Hij stond op en dronk een slok wijn. Toen pakte hij zijn herdersstaf en begon de schapen, die nog lagen te slapen, wakker te maken. Veel moeite kostte dat niet, want de meeste dieren werden vrijwel meteen nadat hij op was gestaan, vanzelf wakker. Alsof een of andere mysterieuze kracht zijn leven verbond met dat van deze schapen, die sinds twee jaar met hem rondzwierven op zoek naar water en voedsel. 'Ze zijn al zo gewend aan mij dat ze mijn vaste tijden kennen,' zei hij zachtjes. Hij dacht even na en bedacht toen dat het ook omgekeerd kon zijn: dat hij aan de vaste tijden van de schapen gewend was geraakt.

Er waren echter een paar schapen die treuzelden met opstaan. De knaap stootte ze een voor een aan met zijn staf en riep ze bij hun naam. Hij had altijd geloofd dat de schapen konden verstaan wat hij zei. Daarom las hij soms ook hardop de stukken uit boeken aan ze voor die de meeste indruk op hem hadden gemaakt, of praatte hij over de eenzaamheid en de vreugde van een herder in het veld, of leverde commentaar op de nieuwigheden en veranderingen in de dorpen en steden die op zijn route lagen.

Maar de laatste twee dagen had hij het praktisch alleen gehad over een meisje, de dochter van een winkelier in het dorp waar hij over vier dagen zou aankomen. Hij was er maar één keer geweest, het jaar ervoor. De winkelier deed in stoffen en wilde er altijd zelf bij zijn als de schapen geschoren werden, om niet opgelicht te worden. De jongen had het adres gekregen van een vriend en was ernaartoe gegaan.

*

'Ik moet wat wol verkopen,' zei hij tegen de winkelier.

Het was druk in de zaak en de man vroeg de herder te wachten tot het donker werd. Hij ging voor de winkel op de stoep zitten en haalde een boek uit zijn tas.

'Ik wist niet dat herders boeken lazen,' zei een vrouwenstem naast hem.

Het was een typisch Andalusisch meisje met haar lange zwarte haren, en met ogen die vaag deden denken aan de vroegere Moorse veroveraars.

'Ze doen dat niet omdat ze meer leren van hun schapen dan van boeken,' antwoordde de knaap. Ze bleven meer dan twee uur met elkaar praten. Zij vertelde dat ze de dochter van de winkelier was en praatte over het leven in het dorp, waar alle dagen hetzelfde waren. De herder vertelde over de velden van Andalusië, over de laatste nieuwtjes uit de dorpen en steden waar hij geweest was. Hij was blij dat hij niet altijd tegen zijn schapen hoefde te praten.

'Waar heb je eigenlijk leren lezen?' onderbrak het meisje hem op een bepaald moment.

'Zoals iedereen,' antwoordde de jongen. 'Op school.'

'En als je kunt lezen, waarom ben je dan maar een herder?'

De jongen verzon een smoesje om geen antwoord te hoeven geven op die vraag. Hij wist zeker dat het meisje dat nooit zou begrijpen. Hij zette zijn verhaal voort en de kleine Moorse oogjes gingen open en dicht van verbazing en schrik. Naarmate de tijd verstreek, begon de jongen te wensen dat die dag nooit voorbijging, dat de vader van het meisje het te druk had en hem drie dagen liet wachten. Hij merkte dat hij iets voelde wat hij nog nooit eerder had gevoeld: zin om voorgoed in zo'n dorp te blijven wonen. Met het zwartharige meisje zou iedere dag anders zijn.

Maar ten slotte kwam de winkelier toch en liet hem vier schapen scheren. Daarna betaalde hij en vroeg hem het jaar daarop terug te komen.

*

Nu was hij nog maar vier dagen van datzelfde dorp af. Hij was opgewonden en tegelijk onzeker: misschien was het meisje hem al vergeten. Er kwamen daar heel wat herders langs om wol te verkopen.

'Het is niet belangrijk,' zei de jongen tegen zijn schapen. 'Ik ken ook andere meisjes in andere dorpen.'

Maar diep in zijn hart wist hij dat het wel belangrijk was. En dat zowel herders als zeelui als marskramers altijd een stad of dorp hadden waar iemand zat die hen kon laten vergeten hoe prettig het was om alleen door de wereld te trekken.

*

Het begon te dagen en de herder dreef de schapen de kant van de zon op. Die hoeven nooit een beslissing te nemen, dacht hij. Misschien blijven ze daarom wel altijd bij mij. De enige behoefte die de schapen hadden was eten en drinken. Zolang de jongen de beste weidegronden van Andalusië kende, zouden ze altijd zijn vrienden blijven, ook al waren alle dagen gelijk, met lange uren die zich voortsleepten tussen zonsopgang en zonsondergang, ook al hadden ze in hun korte leven nooit een boek gelezen en kenden ze de taal van de mensen niet die het nieuws uit de dorpen vertelden. Ze waren tevreden met water en voedsel, dat was voldoende. In ruil daarvoor schonken ze gul hun wol, hun gezelschap en – soms – hun vlees.

Als ik ineens een monster zou worden en ze een voor een zou slachten, zouden ze dat pas doorhebben als bijna de hele kudde uitgeroeid zou zijn, dacht de jongen. Want ze vertrouwen mij volledig en zijn vergeten op hun eigen instincten te vertrouwen. Alleen maar omdat ik ze naar hun eten en drinken leid.

Hij begon zich te verbazen over zijn eigen gedachten. Misschien was de kerk met die vijgenboom erin wel betoverd. Dat verklaarde dan waarom hij voor de tweede keer dezelfde droom had gehad en hij bijna woedend was geworden op zijn altijd zo trouwe reismakkers. Hij dronk het laatste restje wijn van de vorige avond en trok zijn jas aan. Hij wist dat over een paar uur, wanneer de zon in het zenit stond, de hitte zo hevig zou zijn dat hij de schapen niet over het veld zou kunnen leiden. Dit was de tijd dat heel Spanje 's zomers sliep. De hitte hield aan tot 's avonds, en heel die tijd moest hij zijn jas meezeulen. Maar telkens als hij op het punt stond te klagen over het gewicht, bedacht hij dat hij het juist vanwege die jas 's morgens niet koud had gehad.

We moeten altijd voorbereid zijn op de verrassingen van het weer, dacht hij toen, en was dankbaar voor het gewicht van de jas.

De jas had een doel, net als de jongen zelf. Na twee jaar over de vlaktes van Andalusië te hebben gezworven, kende hij alle steden en dorpen uit de streek, en dat was zijn grote levensdoel: reizen. Hij was van plan het meisje dit keer uit te leggen waarom een simpele herder zoals hij kon lezen. Tot zijn zestiende had hij op het seminarie gezeten. Zijn ouders wilden dat hij priester werd, en daarmee de trots van een eenvoudig boerengezin dat slechts werkte om te kunnen eten en drinken, net als zijn schapen. Hij had Latijn, Spaans en theologie gestudeerd. Maar van kindsbeen af droomde hij ervan de wereld te leren kennen, en dat was veel belangrijker dan het kennen van God of de zonden van de mensen. Op een avond toen hij op bezoek was bij zijn ouders, had hij al zijn moed bijeengeraapt en tegen zijn vader gezegd dat hij geen priester wilde worden. Hij wilde reizen.

*

'Ik heb mensen uit de hele wereld in dit dorp gezien, mijn zoon,' zei zijn vader. 'Ze zien er anders uit en zijn op zoek naar nieuwe dingen. Ze lopen naar de heuvel om het kasteel te bekijken en denken dat het vroeger beter was dan nu. Maar wat ze ook denken, en of ze nu blonde haren of een donkere huid hebben, in feite zijn ze precies hetzelfde als de mensen uit ons dorp.'

'Maar ik ken de kastelen uit de landen waar zij vandaan komen niet,' wierp de jongen tegen.

'Wanneer die mensen onze velden en onze vrouwen zien, zeggen ze dat ze altijd hier willen blijven,' vervolgde zijn vader.

'Ik wil de vrouwen en de landen waar zij wonen leren kennen,' zei de jongen. 'Want ze blijven nooit hier.'

'Die mensen hebben hun zakken vol geld,' zei de vader nog een keer. 'Hier bij ons reizen alleen herders.'

'Dan word ik herder.'

De vader zei niets meer. De volgende dag gaf hij hem een beurs met drie oude Spaanse gouden munten.

'Die heb ik ooit op de akker gevonden. Ze waren bestemd

voor de kerk, bij jouw priesterwijding. Koop je kudde en trek de wereld rond tot je geleerd hebt dat ons kasteel het belangrijkste is en onze vrouwen het mooiste zijn.'

En hij gaf hem zijn zegen. De jongen zag in zijn ogen ook de wil om de wereld rond te trekken. Een wil die nog levend was, ondanks de tientallen jaren dat hij had geprobeerd die te smoren met eten en drinken en een vaste plaats om te slapen.

*

De horizon kleurde rood en kort daarna verscheen de zon. De jongen moest denken aan het gesprek met zijn vader en voelde zich vrolijk; hij had al heel wat kastelen en vrouwen leren kennen (maar geen als het meisje dat over twee dagen op hem wachtte). Hij had een jas, een boek dat hij kon ruilen voor een ander, en een kudde schapen. Het belangrijkste was echter dat hij dag in dag uit de grote droom van zijn leven verwezenlijkte: reizen. Als hij de Andalusische velden moe werd, kon hij zijn schapen verkopen en zeeman worden. Wanneer hij de zee moe werd, zou hij ongetwijfeld veel steden en vrouwen hebben leren kennen en veel kansen hebben gehad om gelukkig te worden.

Ik weet niet hoe ze God zoeken in het seminarie, dacht hij, terwijl hij naar de opkomende zon keek. Hij probeerde zoveel mogelijk steeds een andere weg te nemen. In die ene kerk was hij nog nooit geweest, hoewel hij er vaak langs was gekomen. De wereld was onmetelijk groot en rijk, en als hij zich maar een klein beetje liet leiden door de schapen, zou hij nog veel meer interessante dingen ontdekken. Het probleem is dat die beesten niet beseffen dat ze iedere dag nieuwe wegen banen, dacht hij. Ze merken niet dat de weiden veranderd zijn, dat de seizoenen verschillen – want ze zijn alleen maar gericht op eten en drinken.

Misschien is het wel met ons allemaal zo, dacht de herder. Zelfs met mij, terwijl ik aan geen andere vrouw denk sinds ik de dochter van de winkelier heb ontmoet. Hij keek naar de lucht. Volgens zijn berekeningen zou hij vóór het middageten in Tarifa zijn. Daar zou hij zijn boek kunnen ruilen, de fles wijn vullen en zich laten knippen en scheren; hij moest klaar zijn om het meisje te ontmoeten en wilde niet denken aan de mogelijkheid dat een andere herder, met meer schapen, hem voor was geweest en haar hand had gevraagd.

Dat is nou precies wat het leven zo boeiend maakt, de mogelijkheid een droom te verwezenlijken, bedacht hij, terwijl hij opnieuw naar de lucht keek en zijn pas versnelde. Hij had zich ineens herinnerd dat er in Tarifa een oude vrouw woonde die dromen kon uitleggen. En hij had twee nachten dezelfde droom gehad.

*

De oude vrouw bracht de jongen naar een klein vertrek achter in het huis, gescheiden van de woonkamer door een gordijn van felgekleurde plastic linten. Er stonden een tafel, twee stoelen en een Heilig-Hartbeeld.

De oude vrouw ging zitten en verzocht hem hetzelfde te doen. Daarna pakte ze zijn handen vast en bad zachtjes.

Het leek een zigeunergebed. De jongen was onderweg al heel wat zigeuners tegengekomen; zij reisden maar hoedden toch geen schapen. De mensen zeiden dat het leven van een zigeuner bestond uit oplichterij en bedrog. Ze zeiden ook dat ze een pact met de duivel hadden gesloten, en dat ze kinderen roofden om hen als slaaf te laten dienen in hun mysterieuze kampen. Als kind was de jongen doodsbang geweest dat hij door zigeuners zou worden ontvoerd, en die oude angst kwam weer boven terwijl de oude vrouw zijn handen vasthield.

Maar ze heeft een Heilig-Hartbeeld staan, dacht hij en probeerde rustig te worden. Hij wilde niet dat zijn handen gingen trillen en de oude vrouw zijn angst zou merken. In stilte bad hij een onzevader.

'Interessant,' zei de oude vrouw, zonder haar ogen af te wenden van de hand van de jongen. En ze zweeg weer.

De jongen begon nerveus te worden. Onwillekeurig begonnen zijn handen toch te beven en de oude vrouw zag het. Hij trok ze snel terug. 'Ik ben hier niet om mijn hand te laten lezen,' zei hij en had al spijt dat hij het huis was binnengestapt. Heel even dacht hij dat hij beter zonder iets gehoord te hebben kon betalen en weggaan. Hij hechtte te veel waarde aan een teruggekeerde droom.

'Je bent hier om iets over dromen te horen,' antwoordde de oude vrouw, 'en dromen zijn de taal van God. Als Hij de taal van de wereld spreekt, kan ik het uitleggen. Maar als Hij de taal van jouw ziel spreekt, kun jij alleen het verstaan. En hoe dan ook zul je moeten betalen.'

Nog zo'n truc, dacht de jongen. Maar hij besloot de gok te wagen. Een herder loopt altijd het gevaar van wolven en droogte, dat maakt het herdersvak juist zo opwindend.

'Ik heb twee keer achter elkaar dezelfde droom gehad,' zei hij. 'Ik droomde dat ik met mijn schapen op een stuk wei was toen er een kind opdook, dat met de dieren begon te spelen. Ik houd er niet van als ze aan mijn schapen zitten, die zijn bang voor vreemden. Alleen door kinderen laten ze zich zonder te schrikken aanraken. Waarom weet ik niet. Alsof ze de leeftijd van de mensen raden.'

'Keer terug naar je droom,' zei de oude vrouw. 'Ik heb een pan opstaan. Bovendien heb je maar weinig geld en je kunt niet heel mijn tijd in beslag nemen.'

'Het kind bleef een poosje met de schapen spelen,' ging de jongen een beetje beduusd door. 'En ineens pakte het mij bij de handen en bracht me naar de piramiden van Egypte.'

De jongen wachtte even om te zien of de oude vrouw wist wat de piramiden van Egypte waren, maar ze bleef stil.

'En daar, bij de piramiden van Egypte'–hij sprak de laatste drie woorden langzaam uit, zodat de waarzegster het goed zou horen–'zei het kind tegen mij: "Als je hierheen komt, zul je een verborgen schat vinden." En toen het mij de precieze plaats wou wijzen, werd ik wakker. Allebei de keren.'

De oude vrouw bleef een poosje zwijgend voor zich uit staren. Toen pakte ze zijn handen weer vast en bekeek ze nauwkeurig.

'Ik zal je nu niets vragen,' zei ze. 'Maar ik wil wel een tiende deel van de schat, als je die vindt.'

De jongen lachte. Van geluk. Hij kon de paar centen die hij had houden vanwege een droom die repte van verborgen schatten! Die oude vrouw was een zigeunerin, het kon niet anders, want zigeuners zijn ezels.

'Legt u de droom dan uit?' vroeg de jongen.

'Je moet eerst zweren. Zweren dat je mij het tiende deel van je schat geeft in ruil voor wat ik je nu ga vertellen.'

De jongen zwoer. De oude vrouw vroeg hem het nog eens te doen terwijl hij naar het Heilig-Hartbeeld keek.

'Het is een droom in de taal van de wereld,' zei ze. 'Ik kan hem uitleggen, maar het is een lastige uitleg. Daarom vind ik dat ik mijn deel van wat je vindt verdien.

En de uitleg is als volgt: je moet naar de piramiden van Egypte gaan. Wat dat zijn weet ik niet, maar als een kind ze je heeft laten zien, bestaan ze ook. Daar zul je een schat vinden die je rijk zal maken.'

De jongen was eerst verbaasd, daarna werd hij kwaad. Daarvoor had hij niet naar de oude vrouw hoeven te komen. Ten slotte herinnerde hij zich dat hij ook niets betaalde.

'Voor zo'n antwoord had ik geen tijd hoeven te verliezen,' zei hij.

'Daarom zei ik ook dat het een moeilijke droom was. De eenvoudige dingen zijn de uitzonderlijkste, en alleen de wijzen kunnen ze zien. Omdat ik geen wijze ben, moet ik mij behelpen met andere kunsten, zoals het handlezen.'

'En hoe kom ik in Egypte?'

'Ik interpreteer alleen dromen. Ik kan ze niet omzetten in werkelijkheid. Daarom moet ik leven van wat mijn dochters mij geven.'

'En als ik niet in Egypte kom?'

'Krijg ik niet betaald. Het zou niet de eerste keer zijn.'

En de oude vrouw zei niets meer. Ze vroeg de jongen te gaan, want ze had al veel tijd met hem verloren.

*

De jongen ging teleurgesteld weg, vastbesloten om nooit meer in dromen te geloven. Hij herinnerde zich dat hij een aantal dingen te doen had: hij sloeg proviand in, ruilde zijn lectuur tegen een dikker boek en ging op een bank op het marktplein zitten om de nieuwe wijn te proeven die hij had gekocht. Het was warm en de wijn bood door een van die ondoorgrondelijke mysteries zijn lichaam wat verkoeling. De schapen stonden vooraan in de stad bij een vriend van hem op stal. Hij kende in de hele streek daar veel mensen – daarom ook hield hij van reizen. Als je reist maak je steeds nieuwe vrienden en hoef je niet dag in dag uit met ze op te trekken. Wanneer je steeds dezelfde mensen ziet – en dat gebeurde op het seminarie – gaan die ten slotte deel uitmaken van je eigen leven. En omdat ze deel uitmaken van je leven, willen ze dat ook bijsturen. Als je niet wordt zoals zij willen dat je wordt, zijn ze boos. Want iedereen kan je precies vertellen hoe je moet leven. Terwijl ze zich geen raad weten met hun eigen leven. Zoals de vrouw van de dromen, die ze niet kon omzetten in werkelijkheid.

Hij besloot te wachten tot de zon wat gezakt was voor hij met zijn schapen het veld in trok. Over drie dagen zou hij bij de dochter van de winkelier zijn.

Hij begon te lezen in zijn nieuwe boek, dat hij op de kop had getikt bij de pastoor van Tarifa. Het was een dik boek en meteen op de eerste bladzijde al werd er iemand begraven en wemelde het van de namen die hij niet uit elkaar kon houden. Als hij ooit een boek zou schrijven, dacht hij, zou hij de personages een voor een opvoeren, zodat de lezers geen namen vanbuiten hoefden te leren.

Toen hij zich eindelijk een beetje op het verhaal kon concentreren – dat niet eens slecht was, want de begrafenis vond plaats in de sneeuw, wat hem een gevoel van koelte gaf daar in de brandende zon – kwam er een oude man naast hem zitten, die een gesprekje begon.

'Wat zijn ze daar aan het doen?' vroeg hij en wees naar de mensen op de markt.

'Aan het werken,' antwoordde de jongen kortaf, en deed weer net of hij geconcentreerd aan het lezen was. In feite was hij aan het bedenken dat hij de schapen zou scheren waar de dochter van de winkelier bij was, om haar te laten zien wat hij allemaal kon. Hij had zich dat al honderden keren voorgesteld en iedere keer was het meisje verbluft als hij haar begon uit te leggen dat je schapen van achteren naar voren moet scheren. Ook probeerde hij zich een paar boeiende verhalen te herinneren om haar daarbij te vertellen. De meeste had hij uit boeken, maar hij zou ze vertellen alsof hij ze zelf had meegemaakt. Ze zou het nooit in de gaten krijgen, want ze kon niet lezen.

De oude man bleef intussen aandringen. Hij zei dat hij moe was, dorst had, en vroeg hem een slok wijn. De jongen bood hem zijn fles aan, misschien hield die ouwe dan zijn mond.

Maar de oude baas wilde hoe dan ook praten. Hij vroeg hem welk boek hij aan het lezen was. De jongen dacht er toen over onbeleefd te doen en naar een andere bank te verhuizen, maar zijn vader had hem geleerd dat hij altijd respect moest hebben voor ouderen. En dus stak hij hem zijn boek toe, om twee redenen: ten eerste kon hij de titel niet uitspreken, en ten tweede zou de oude man, als hij niet kon lezen, zelf opstaan om zich niet vernederd te voelen.

'Hmmm...' zei de oude man, terwijl hij het boek van alle kanten bekeek, alsof het een vreemd voorwerp was. 'Een belangrijk boek, maar wel saai.'

De jongen was verrast. De oude man las dus ook en had dat boek al gelezen. En als het inderdaad een saai boek was, zoals hij zei, kon hij het nog ruilen voor een ander.

'Het is een boek dat gaat over waar bijna alle boeken over gaan,' vervolgde de oude man. 'Over het onvermogen van de mensen hun eigen lot te kiezen. En zo gelooft iedereen op den duur in de grootste leugen van de wereld.'

*

'Wat is dan de grootste leugen van de wereld?' vroeg de jongen verbaasd.

'Op een bepaald moment verlies je de controle over je eigen leven, en dan wordt dat beheerst door het noodlot. Dat is de grootste leugen van de wereld.'

'Bij mij is dat niet gebeurd,' zei de jongen. 'Ze wilden dat ik priester werd en ik ben herder geworden.'

'Dat is beter,' zei de oude man. 'Want jij houdt van reizen.'

Hij heeft mijn gedachten geraden, peinsde de jongen. De oude man zat intussen in het dikke boek te bladeren, kennelijk niet van plan het terug te geven. Het viel de jongen op dat hij raar gekleed was: hij leek wel een Arabier, wat niet bijzonder was in die streek. Afrika lag op slechts enkele uren van Tarifa; je hoefde alleen maar per boot het kleine nauw over te steken. Er verschenen vaak Arabieren in de stad, die boodschappen deden en een paar keer per dag vreemde gebeden zeiden.

'Waar komt u vandaan?' vroeg hij.

'Van overal.'

'Niemand kan van overal komen,' sprak de jongen. 'Ik ben een herder en ik kom overal, maar echt komen doe ik uit één enkele plaats, een dorp in de buurt van een oud kasteel. Daar ben ik geboren.'

'Dan kun je zeggen dat ik in Salem geboren ben.'

De jongen wist niet waar Salem lag, maar hij wilde het niet vragen om geen slecht figuur te slaan met zijn onwetendheid. Hij staarde even naar het plein. De mensen liepen af en aan, hadden het druk zo te zien.

'Hoe is het in Salem?' vroeg hij toen, op zoek naar een spoor.

'Net als altijd.'

Daar had hij nog niks aan. Maar hij wist wel dat Salem niet in Andalusië lag. Anders had hij het gekend.

'En wat doet u in Salem?' drong hij aan.

'Wat ik doe in Salem?' De oude man lachte voor de eerste keer. 'Nou zeg, ik ben de koning van Salem!'

Mensen kunnen rare dingen zeggen, dacht de jongen. Soms zit je beter bij de schapen, die houden tenminste hun mond, zoeken alleen eten en drinken. Of nog beter bij boeken, die iedere keer als je daar zin in hebt ongelooflijke verhalen vertellen. Maar als je met mensen praat, zeggen ze bepaalde dingen en dan weet je niet hoe het gesprek verder moet.

'Mijn naam is Melchizedek,' zei de oude man. 'Hoeveel schapen heb je?'

'Genoeg,' antwoordde de jongen. De oude man wilde te veel weten over zijn leven.

'Dan zitten we met een probleem. Ik kan je niet helpen als je vindt dat je genoeg schapen hebt.'

De jongen werd kwaad. Hij zat niet te bedelen om hulp. De oude man had zelf om wijn gevraagd, om een gesprek, om het boek.

'Geeft u mij mijn boek terug,' zei hij. 'Ik moet mijn schapen ophalen en verder trekken.'

'Geef mij een tiende deel van je schapen,' zei de oude man. 'En ik leer je hoe je bij de verborgen schat moet komen.'

Toen herinnerde de jongen zich de droom weer, en ineens werd alles duidelijk. De oude vrouw had niets gevraagd, maar de oude man – wie weet haar echtgenoot – zou hem heel wat meer geld weten af te troggelen in ruil voor een inlichting die niet bestond. Hij was vast ook een zigeuner.

Maar vóór de jongen iets kon zeggen, bukte de oude man zich, raapte een twijgje op en begon ermee in het zand te schrijven. Toen hij zich bukte, glinsterde er iets op zijn borst, zo fel dat de jongen bijna verblind werd. Maar met een beweging die veel te snel was voor iemand van zijn leeftijd, bedekte de oude man de glans weer met zijn mantel. De ogen van de jongen werden weer normaal en hij kon zien wat de oude man aan het schrijven was.

In het zand op het marktplein van de kleine stad las hij de naam van zijn vader en zijn moeder. Hij las het verhaal van zijn leven tot op dat moment, de spelletjes als kind, de koude nachten op het seminarie. Hij las de naam van de dochter van de winkelier, die hij niet kende. Hij las dingen die hij nooit aan iemand verteld had, zoals de keer dat hij stiekem het pistool van zijn vader had gepakt om herten te schieten, of zijn eerste en tot dusver enige seksuele ervaring.

*

'Ik ben de koning van Salem,' had de oude man gezegd.

'Waarom praat een koning met een herder?' vroeg de stomverbaasde jongen verlegen.

'Daar zijn verschillende redenen voor. Maar laten we zeggen dat de belangrijkste is dat jij in staat bent geweest je eigen legende waar te maken.'

De jongen wist niet wat eigen legende was.

'Dat is datgene wat je altijd hebt willen doen. In het begin van zijn jeugd weet iedereen wat zijn eigen legende is. Op die leeftijd is alles duidelijk, alles is mogelijk en niemand is bang om te dromen van alles wat hij zou willen doen in zijn leven. Maar met het verstrijken van de tijd steekt een geheimzinnige kracht de kop op, die probeert te bewijzen dat het onmogelijk is de eigen legende waar te maken.'

De jongen begreep niet veel van wat de oude man allemaal zei, maar hij wilde weten wat 'geheimzinnige krachten' waren; de dochter van de winkelier zou er geweldig van opkijken.

'Dat zijn de krachten die ogenschijnlijk niet deugen, maar die je in feite leren hoe je je eigen legende waar moet maken. Ze zijn bezig je geest en je wil voor te bereiden, want er bestaat een grote waarheid op deze planeet: wie je ook bent of wat je ook doet, als je echt iets wilt, komt dat doordat die wens ontstaan is in de ziel van het heelal. Dat is jouw missie hier op aarde.'

'Ook als dat alleen maar reizen is? Of trouwen met de dochter van een stoffenhandelaar?'

'Of een schat zoeken. De ziel van de wereld wordt gevoed door het geluk der mensen. Of door verdriet, afgunst, jaloezie. Je eigen legende waarmaken is de enige verplichting van de mens. Alles is één. En als je iets wilt, spant het hele universum samen om ervoor te zorgen dat je je droom verwezenlijkt.'

Gedurende enige tijd bleven ze zwijgend naar het marktplein en de mensen kijken. Het was de oude man die ten slotte de stilte verbrak.

'Waarom hoed jij schapen?'

'Omdat ik graag reis.'

De oude man wees naar een popcornventer, die met zijn rode karretje op een hoek van het plein stond.

'Die popcornventer daar wilde als kind ook altijd reizen. Maar hij koos ervoor een popcornkarretje te kopen en jarenlang geld te sparen. Wanneer hij oud is, gaat hij een maand naar Afrika. Hij heeft nooit begrepen dat je altijd de middelen hebt om te doen waarvan je droomt.'

'Hij had herder moeten worden,' dacht de jongen hardop.

'Daar heeft hij aan gedacht,' zei de oude man. 'Maar popcornventers zijn belangrijker dan herders. Popcornventers hebben een huis, terwijl herders in de openlucht slapen. De mensen zien hun dochters liever met een popcornventer trouwen dan met een herder.'

De jongen voelde een steek in zijn hart, omdat hij dacht aan de dochter van de winkelier. In die plaats zou ook wel een popcornventer zitten.

'Enfin, wat de mensen denken van popcornventers en herders vinden ze uiteindelijk belangrijker dan hun eigen legende.'

De oude man bladerde in het boek en raakte afgeleid door het lezen van een bladzijde. De jongen wachtte even en onderbrak hem toen op dezelfde manier als de oude man hem eerder had onderbroken.

'Waarom vertelt u mij dat allemaal?'

'Omdat jij wel je eigen legende probeert te leven. En op het punt staat daarvan af te zien.'

'En op zulke momenten verschijnt u altijd?'

'Niet altijd in deze vorm, maar ik kom altijd, ja. Soms in de vorm van een goede uitweg of een geweldig idee, andere keren door er op een cruciaal moment voor te zorgen dat het allemaal wat makkelijker wordt, enzovoort, maar de meeste mensen hebben het niet in de gaten.'

De oude man vertelde dat hij de week tevoren bij een diamantzoeker had moeten verschijnen in de vorm van een steen. De diamantzoeker had haard en huis verlaten om op zoek te gaan naar smaragden. Na vijf jaar onafgebroken zwoegen in een rivier, na het breken van negenhonderdnegenennegentig duizend negenhonderdnegenennegentig stenen, wilde de diamantzoeker ermee ophouden, terwijl er slechts één steen – *één steen* – ontbrak om een smaragd te vinden. Omdat hij een man was die alles op zijn eigen legende had gezet, besloot de oude koning tussenbeide te komen. Hij veranderde zichzelf in een steen die over de voet van de diamantzoeker rolde. Uit woede en frustratie vanwege vijf verspilde jaren gooide hij de steen ver weg. Maar hij deed het met zoveel geweld dat hij tegen een andere steen sloeg, die in tweeën brak en de mooiste smaragd van de wereld blootlegde.

'De mensen leren heel vroeg hun bestaansreden,' zei de oude man met enige bitterheid in zijn ogen. 'Misschien geven ze daarom ook wel zo vlug op. Maar zo is het leven.'

Toen herinnerde de jongen zich dat het gesprek begonnen was met de verborgen schat.

'De schatten zijn door het water weggespoeld van de aarde en door diezelfde vloedgolven bedolven,' zei de oude man. 'Als je meer wilt weten over je schat, zul je mij een tiende deel van je kudde moeten afstaan.'

'Mag het ook een tiende deel van de schat zijn?'

De oude man was teleurgesteld.

'Als je dingen gaat beloven die je nog niet hebt, zul je je zin om ze te veroveren verliezen.'

Toen vertelde de jongen dat hij een tiende deel aan de zigeunerin beloofd had.

'Zigeuners zijn slim,' verzuchtte de oude man. 'In ieder geval is het goed dat je leert dat alles in het leven een prijs heeft. Dat is het wat de Strijders van het Licht proberen bij te brengen.'

De oude man gaf de jongen het boek terug.

'Morgen om deze tijd breng je mij een tiende deel van je schapen. Dan zal ik je vertellen hoe je aan de verborgen schat kunt komen. Goedemiddag.'

En hij verdween in een van de zijstraten van het plein.

*

De jongen probeerde te lezen, maar hij kon zich niet meer concentreren. Hij was opgewonden en gespannen, want hij wist dat de oude man de waarheid had gesproken. Hij liep naar de popcornventer, kocht een zakje en dacht ondertussen na of hij hem al dan niet moest vertellen wat de oude man tegen hem gezegd had. Soms is het beter alles maar te laten zoals het is, dacht hij en hield zijn mond. Als hij iets zou zeggen, zou de popcornventer drie dagen met plannen rondlopen om alles te laten vallen en te gaan, maar hij was te zeer gewend aan zijn karretje. Dat leed kon hij de popcornventer besparen.

Hij begon zomaar wat door de stad te dwalen en kwam bij de haven uit. Daar stond een klein gebouwtje, en in dat gebouwtje was een loket waar de mensen kaartjes voor de veerboot kochten. Egypte lag in Afrika.

'Wil je iets?' vroeg de kerel achter het loket.

'Morgen misschien,' zei de jongen en liep weg. Hij hoefde

maar één schaap te verkopen om aan de overkant van het nauw te kunnen komen. Dat was een gedachte die hem angst aanjoeg.

'Weer zo'n dromer,' zei de man achter het loket tegen zijn assistent, terwijl de jongen wegliep. 'Heeft geen geld om te reizen.'

Toen hij voor het loket stond, had de jongen ineens aan zijn schapen moeten denken en hij was bang om naar ze terug te gaan. Het had hem twee jaar gekost om de kunst van het hoeden onder de knie te krijgen; hij kon scheren, ooien helpen bij het werpen, de beesten beschermen tegen wolven. Hij kende alle velden en weidegronden van Andalusië. Hij kende de juiste koop- en verkoopprijs van al zijn dieren.

Hij besloot de langste weg terug naar de stal van zijn vriend te nemen. De stad had ook een kasteel en hij liep de stenen helling op en ging op een van de muren zitten. Vanaf die hoogte kon hij Afrika zien liggen. Iemand had hem ooit uitgelegd dat de Moren, die zoveel jaar lang bijna heel Spanje bezet hadden gehouden, daarlangs het land binnen waren gekomen. De jongen haatte de Moren. Zij hadden de zigeuners hierheen gebracht.

Vanaf de plaats waar hij zat kon hij ook praktisch de hele stad zien, met inbegrip van het marktplein, waar hij had zitten praten met de oude man.

Vervloekt het uur dat ik die oude man heb ontmoet, dacht hij. Het enige wat hij gedaan had, was naar een vrouw toe stappen die dromen uitlegt. En dan nu dit. Noch de vrouw, noch de oude man hechtte enige waarde aan het feit dat hij een herder was. Het waren alleenstaande mensen die niet meer in het leven geloofden en niet begrepen dat herders verknocht raken aan hun schapen. Hij kende ze allemaal tot in het kleinste detail: hij wist welk mank liep, welk over twee maanden ging werpen en welke de luiste waren. Hij wist ook hoe hij ze moest scheren en slachten. Als hij besloot te vertrekken, zouden zij eronder lijden.

Het begon te waaien. Hij kende die wind: de mensen noemden hem levant, want met die wind waren ook de horden ongelovigen gekomen. Toen hij Tarifa nog niet kende, was het nooit bij hem opgekomen dat Afrika zo dichtbij was. Dat was een groot gevaar: de Moren konden opnieuw binnenvallen.

De levant begon harder te waaien. Het is de schapen of de schat, dacht de jongen. Hij moest kiezen tussen iets waaraan hij gewend was geraakt en iets wat hij wilde hebben. Verder was er ook nog de dochter van de winkelier, maar die was niet zo belangrijk als de schapen, want ze was niet afhankelijk van hem. Misschien herinnerde ze zich hem niet eens. Hij wist zeker dat als hij over twee dagen niet kwam opdagen, het meisje het niet eens zou merken: voor haar waren alle dagen gelijk, en als alle dagen gelijk zijn, komt dat doordat men de goede dingen niet meer ziet die zich voordoen wanneer de zon haar hemelse baan volgt.

Ik heb mijn vader, mijn moeder en het kasteel van mijn dorp verlaten. Zij zijn eraan gewend geraakt en ik ben eraan gewend geraakt. De schapen zullen ook wennen aan mijn afwezigheid, dacht de jongen.

Hij keek neer op het plein. De popcornventer stond daar nog steeds popcorn te verkopen. Een jong stelletje streek neer op de bank waar hij had zitten praten met de oude man en de twee begonnen driftig te zoenen.

De popcornventer, zei hij tegen zichzelf, zonder de zin af te maken. Want de levant was harder gaan waaien, en hij voelde de wind in zijn gezicht. Hij bracht de Moren, dat was waar ja, maar ook de geur van de woestijn en gesluierde vrouwen. Hij bracht het zweet en de dromen van de mensen die ooit waren vertrokken op zoek naar het onbekende, naar goud, avonturen – en piramiden. De jongen benijdde de wind om zijn vrijheid en besefte dat hij net zo kon zijn. Niets hield hem tegen, behalve hijzelf. De schapen, de dochter van de winkelier en de velden van Andalusië waren slechts de schreden van zijn eigen legende.

*

De volgende dag ontmoette de jongen de oude man om twaalf uur 's middags. Hij had zes schapen bij zich.

'Ik snap er niets van,' zei hij. 'Mijn vriend kocht mijn schapen onmiddellijk. Hij zei dat hij er zijn hele leven van had gedroomd herder te worden, en dat was een goed teken.'

'Zo gaat het altijd,' zei de oude man. 'Dat noemen wij voorspoedige start. Als je voor het eerst zou kaarten zou je praktisch zeker winnen. Beginnersgeluk.'

'En waarom?'

'Omdat het leven wil dat jij je eigen legende leeft.'

Daarna begon hij de zes schapen te onderzoeken en zag dat er een mank liep. De jongen legde uit dat dat helemaal niet erg was, want het was het slimste schaap en gaf behoorlijk veel wol.

'Waar ligt de schat?' vroeg hij.

'De schat ligt in Egypte, in de buurt van de piramiden.'

De jongen schrok hevig. De oude vrouw had precies hetzelfde gezegd, maar zonder er iets voor te vragen.

'Om erbij te komen, moet je de tekens volgen. God heeft de weg die ieder mens moet gaan beschreven. Het is alleen maar een kwestie van lezen wat Hij voor jou geschreven heeft.'

Vóór de jongen iets kon zeggen, fladderde er ineens een vlinder tussen hem en de oude man in. Hij moest aan zijn grootvader denken; toen hij klein was had die tegen hem gezegd dat vlinders duidden op geluk. Net als krekels, sprinkhanen, muurhagedissen en klavertjes vier.

'Juist,' zei de oude man, die zijn gedachten kon lezen. 'Precies zoals je grootvader het je heeft geleerd. Dat zijn de tekens.'

Daarna sloeg hij de mantel open die zijn borst bedekte. De jongen was diep onder de indruk van wat hij zag en herinnerde zich de flonkering van de vorige dag. De oude man droeg een borstschild van massief goud, bezet met edelstenen.

Het was echt een koning. Hij zou zich wel zo vermomd hebben om te ontkomen aan overvallers.

'Hier,' zei de oude man en haalde een witte en een zwarte edelsteen van zijn gouden borstschild af. 'Ze heten Urim en Tummim. De zwarte betekent "ja", de witte "nee". Als je de tekens niet kunt vinden, helpen ze je. Stel altijd een ja-of-nee-vraag, maar probeer zoveel mogelijk zelf te beslissen. Dat de schat bij de piramiden lag, wist je al, maar je moest zes schapen betalen omdat ik je geholpen heb een beslissing te nemen.'

De jongen stak de edelstenen in zijn tas. Voortaan zou hij zelf zijn beslissingen nemen.

'Vergeet niet dat alles één is. Vergeet de taal der tekens niet. En vergeet vooral niet tot het einde van je eigen legende te gaan.

Maar voor je gaat, wil ik je nog een kort verhaal vertellen.

Een koopman stuurde zijn zoon naar de wijste aller wijzen om het geheim van het geluk te leren kennen. De jongen liep veertig dagen door de woestijn, tot hij bij een prachtig kasteel boven op een berg kwam. Daar woonde de wijze die de jongen zocht.

Maar in plaats van een heilige aan te treffen, stapte onze held een zaal binnen waar een enorme bedrijvigheid heerste: kooplui liepen in en uit, in alle hoeken stonden groepjes mensen te praten, een klein orkest speelde lieflijke melodieën, en er was een rijke dis aangericht met de verrukkelijkste gerechten uit dat deel van de wereld. De wijze praatte met iedereen en de jongen moest twee uur wachten voor hij aan de beurt was.

De wijze luisterde aandachtig naar de reden van de komst van de jongen, maar zei dat hij op dat moment helaas geen tijd had om hem het geheim van het geluk uit te leggen. Hij stelde hem voor een wandeling door het paleis te maken en twee uur later terug te komen.

"Ik wil je echter wel iets vragen," zei de wijze tot slot, terwijl hij de jongen een theelepel overhandigde waaraan twee druppels olie hingen. "Ik wil je vragen deze lepel onder het lopen zo vast te houden dat de olie er niet afvalt."

De jongen begon de trappen van het paleis op en af te lopen, met zijn ogen strak gericht op de lepel. Na twee uur keerde hij terug naar de wijze.

“En,” vroeg die, “heb je de Perzische tapijten in de eetkamer gezien? En de tuin waarover de meester der hoveniers tien jaar heeft gedaan? En de schitterende perkamentrollen in mijn bibliotheek?”

Beschaamd bekende de jongen dat hij niets gezien had. Zijn enige zorg was geweest de druppels olie niet te morsen die de wijze hem had toevertrouwd.

“Ga dan terug en maak kennis met de wonderen van mijn wereld,” zei de wijze. “Je kunt een man niet vertrouwen als je zijn huis niet kent.”

Al wat kalmer geworden pakte de jongen de lepel en begon opnieuw door het paleis te wandelen, maar dit keer lette hij op alle kunstwerken die aan het plafond en de muren hingen. Hij zag de tuinen, de bergen rondom, de pracht van de bloemen, de geraffineerde plaatsing van de kunstwerken. Toen hij terugkwam bij de wijze bracht hij gedetailleerd verslag uit van wat hij had gezien. “Maar waar zijn de twee druppels olie die ik je heb toevertrouwd?” vroeg de wijze.

De jongen keek naar de lepel en merkte dat hij die gemorst had.

“Dit nu is de enige raad die ik je kan geven,” zei de wijste aller wijzen. “Het geheim van het geluk schuilt in het kijken naar alle wonderen van de wereld zonder ooit de twee druppels olie op je lepel te vergeten.”’

De jongen zweeg. Hij had het verhaal van de oude koning begrepen. Een herder houdt van reizen maar vergeet zijn schapen nooit.

De oude man keek naar de jongen en maakte met zijn vlakke handen een paar vreemde gebaren boven zijn hoofd. Daarna verzamelde hij de dieren en liep weg.

*

Op het hoogste punt van het stadje Tarifa staat een oud, door de Moren gebouwd fort, en als je op de muren daarvan gaat zitten, kun je een plein, een popcornventer en een stukje van Afrika zien. Melchizedek, de koning van Salem, ging daar die middag zitten en voelde de levant in zijn gezicht. De schapen stonden onrustig naast hem te trippelen, bang voor hun nieuwe baas en opgewonden door zoveel veranderingen. Alles wat ze wilden was eten en drinken.

Melchizedek keek naar het kleine schip dat de haven uit voer. Hij zou de jongen nooit meer terugzien, zoals hij ook Abraham nooit had teruggezien, nadat hij de tiende van hem had geïnd. Maar dat was zijn werk.

De goden hebben waarschijnlijk geen wensen, want ze hebben geen eigen legende, maar toch bad de koning van Salem in stilte dat de jongen zou slagen.

Jammer dat hij mijn naam meteen zal vergeten, dacht hij. Ik had hem een paar keer vaker moeten noemen. Dan zou hij, als hij het over mij had, zeggen dat ik Melchizedek ben, de koning van Salem.

Vervolgens keek hij berouwvol naar de hemel: 'Ik weet dat het ijdelheid der ijdelheden is, zoals gij gezegd hebt, Heer. Maar een oude koning moet af en toe trots op zichzelf kunnen zijn.'

*

Wat is Afrika raar, dacht de jongen.

Hij zat in een soort kroeg die precies hetzelfde was als andere kroegen die hij gezien had in de smalle steegjes van de stad. Een groepje mannen rookte een reusachtige pijp die van mond tot mond ging. In een paar uur tijd had hij gearmd lopende mannen gezien, gesluierde vrouwen en priesters die op hoge torens klommen en begonnen te zingen – waarop iedereen om hem heen neerknielde en diep vooroverboog.

Heidens gedoe, zei hij bij zichzelf. Als kind had hij in de kerk van zijn dorp altijd een beeld gezien van Sint-Jakob Morendoder op zijn witte paard, met getrokken zwaard en figuren als deze hier onder zijn voeten. De jongen voelde zich slecht en verschrikkelijk alleen. De heidenen hadden een sinistere blik.

Bovendien had hij in zijn haast om te reizen één detail, één enkel detail maar vergeten, dat hem geruime tijd van zijn schat kon afhouden: hier sprak iedereen Arabisch.

De kroegbaas kwam naar hem toe en de jongen wees naar een drankje dat aan een ander tafeltje geserveerd was. Het was bittere thee. De jongen had liever wijn gehad.

Maar daar moest hij zich nu niet druk over maken. Hij moest alleen aan zijn schat denken en aan de manier om die te veroveren. Door de verkoop van zijn schapen had hij genoeg geld op zak en hij wist dat geld magisch was: als je het hebt ben je nooit alleen. Over korte tijd, misschien een paar dagen, zou hij bij de piramiden zijn. Een oude man met al dat goud op zijn borst hoefde niet te liegen om zes schapen te krijgen.

Hij had het over tekens gehad. Tijdens de oversteek had hij daar steeds aan gedacht. Hij wist wat de oude man bedoelde: gedurende al die tijd op de Andalusische velden had hij zich aangewend om op de grond en in de lucht de omstandigheden te lezen van de weg die hij voor zich had. Hij had geleerd dat een bepaalde vogel aangaf dat er een slang in de buurt was, en dat die en die struik betekende dat er een paar kilometer verder water zat. De schapen hadden hem dat geleerd.

Als God de schapen zo goed leidt, zal hij ook de mens wel leiden, bedacht hij en werd rustiger. De thee leek minder bitter.

'Wie ben jij?' hoorde hij in het Spaans vragen.

De jongen was verbluft. Zat hij aan tekens te denken en hup, kwam er iemand opdagen!

'Hoe komt het dat jij Spaans spreekt?' vroeg hij. De nieuwkomer was een westers geklede jongeman, maar aan zijn huidkleur te zien kwam hij hoogstwaarschijnlijk hier uit de stad. Hij was ongeveer even groot en even oud als hij.

'Bijna iedereen hier spreekt Spaans. We zitten maar twee uur van Spanje af.'

'Ga zitten en drink wat van me,' zei de jongen. 'En bestel voor mij een glas wijn. Die thee is afschuwelijk.'

'Ze hebben geen wijn hier,' zei de nieuwkomer. 'Mag niet van het geloof.'

Toen zei de jongen dat hij naar de piramiden moest. Bijna was hij over de schat begonnen, maar het leek hem beter daarover te zwijgen. Het zou best kunnen dat de Arabier een deel wilde hebben om hem erheen te brengen. Hij moest denken aan wat de oude man had gezegd over dingen aanbieden.

'Ik zou graag willen dat jij mij daarheen brengt, als je kunt. Ik kan je betalen als gids.'

'Heb je enig idee hoe je daar moet komen?'

De jongen merkte dat de baas van de tent aandachtig naar hun gesprek stond te luisteren. Het maakte hem zenuwachtig, maar hij had een gids gevonden en zou deze kans niet laten schieten.

'Je moet de hele Sahara door,' zei de nieuwkomer. 'En daarvoor hebben we geld nodig. Ik wil weten of je genoeg geld hebt.'

De jongen vond dat een vreemde vraag. Maar hij had vertrouwen in de oude man en die had gezegd dat het hele universum altijd meewerkt als je iets wilt.

Hij haalde zijn geld te voorschijn en liet het zien aan de nieuwkomer. De kroegbaas kwam dichterbij en keek ook. De twee wisselden een paar woorden in het Arabisch. De kastelein leek kwaad.

'Kom, we gaan,' zei de nieuwkomer. 'Hij wil ons hier niet langer hebben.'

De jongen haalde opgelucht adem. Hij stond op om de rekening te betalen, maar de baas greep hem vast en begon druk op hem in te praten. De jongen was sterk, maar hij was in een vreemd land. Ten slotte duwde zijn nieuwe vriend de baas opzij en trok hem mee naar buiten.

'Hij wou je geld,' zei hij. 'Tanger is anders dan de rest van Afrika. Dit is een havenstad en in havensteden zitten altijd veel dieven.'

De jongen kon zijn nieuwe vriend vertrouwen. Hij had hem geholpen in een kritieke situatie. Hij haalde het geld uit zijn zak en telde het.

'We kunnen er morgen zijn,' zei de ander en pakte het geld. 'Maar dan moet ik wel twee kamelen kopen.'

Ze liepen door de smalle straatjes van Tanger. Op iedere hoek stonden kraampjes en stalletjes. Ten slotte kwamen ze op een groot plein, waar de markt werd gehouden. Er stonden duizenden mensen druk pratend en gebarend te kopen en te verkopen, alles door elkaar, van groenten tot dolken, van tapijten tot pijpen in alle soorten en maten. Maar de jongen hield angstvallig zijn nieuwe vriend in het oog. Die had immers al zijn geld. Hij had het terug willen vragen, maar durfde niet goed. Wie weet vatte hij dat op als een belediging. Hij kende de gewoonten niet van het vreemde land waar hij rondliep.

Ik hoef hem alleen maar in de gaten te houden, zei hij tegen zichzelf. Hij was sterker dan de ander.

Ineens zag hij tussen al die duizenden spullen het mooiste zwaard dat hij ooit gezien had. De schede was zilverkleurig, het gevest zwart, bezet met stenen. De jongen sprak met zichzelf af dat hij het zou kopen als hij terugkwam uit Egypte.

'Vraag eens aan de baas van die kraam hier hoeveel dat zwaard daar kost,' zei hij tegen zijn vriend. Maar hij merkte dat hij twee tellen niet had opgelet, de twee tellen dat hij naar het zwaard had gekeken.

Zijn hart kromp ineen, alsof zijn borstkas plotseling samengetrokken was. Hij was bang om opzij te kijken, want hij wist wat hij daar zou zien. Hij hield zijn ogen nog een paar seconden strak gericht op het fraaie zwaard, tot hij moed vatte en zich omdraaide.

Om hem heen de markt, mensen die af en aan liepen, kooplui die hun waren aanprezen, tapijten naast hazelnoten, kroppen sla naast koperen dienbladen, mannen hand in hand op straat, gesluierde vrouwen, de geur van exotisch eten en nergens, maar dan ook nergens het gezicht van zijn metgezel.

De jongen wilde nog denken dat ze elkaar per ongeluk kwijt waren geraakt. Hij besloot te blijven waar hij was, in de hoop dat de ander terug zou komen. Kort daarna beklom een man een van de ranke torens en begon te zingen; iedereen knielde neer, drukte zijn hoofd tegen de grond en zong ook. Daarna braken ze naarstig als werkmieren de kraampjes af en verdwenen.

De zon begon ook te verdwijnen. De jongen keek er lange tijd naar, tot ze schuilging achter de witte huizen rond het plein. Hij bedacht dat hij, toen de zon 's morgens was opgekomen, op een ander continent had gezeten, herder met zestig schapen was geweest en een afspraak had gehad met een meisje. Hij wist precies wat er zou gebeuren die dag.

Maar nu de zon langzaam wegzakte, zat hij in een ander land, was hij een vreemdeling op vreemd gebied, waar hij niet eens de taal verstond die ze spraken. Hij was geen herder meer en had niets meer, niet eens geld om terug te gaan en opnieuw te beginnen.

En dat allemaal tussen zonsopgang en zonsondergang, dacht de jongen. En hij had medelijden met zichzelf, want soms veranderen de dingen in het leven in het tijdsbestek van een simpele schreeuw, veel te snel voor een mens.

Hij schaamde zich om te huilen. Zelfs in het bijzijn van zijn eigen schapen had hij nooit gehuild. Maar de markt was intussen leeggestroomd en hij was ver weg van het vaderland.

En hij huilde. Hij huilde omdat God onrechtvaardig was en zo de mensen 'beloonde' die in hun dromen geloofden.

Toen ik nog bij mijn schapen zat, was ik zelf gelukkig en maakte ik iedereen om mij heen gelukkig. De mensen zagen me graag komen en ontvingen me goed. Maar nu ben ik ongelukkig en bedroefd. Wat moet ik doen? Ik zal verbitterder worden en niet meer geloven in de mensen, omdat één mens mij verraden heeft. Ik zal al diegenen haten die verborgen schatten hebben gevonden, omdat ik de mijne niet heb gevonden. En ik zal het kleine beetje dat ik heb stevig vasthouden, want ik ben te klein om de wereld te omarmen.

Hij deed zijn tas open om te zien wat erin zat; misschien was er iets overgebleven van het brood dat hij op de boot had gegeten. Maar hij vond alleen het dikke boek, zijn jas en de twee stenen die de oude man hem had gegeven.

Bij het zien van de stenen kreeg hij een immens gevoel van opluchting. Hij had zes schapen geruild voor twee edelstenen uit een gouden borstschild. Als hij ze verkocht kon hij een kaartje terug kopen. Dit keer zal ik beter oppassen, dacht de jongen, haalde de stenen uit zijn tas en stak ze in zijn broekzak. Hij zat in een havenstad en in een havenstad wemelt het altijd van de dieven – dat was het enige wat die vent niet had gelogen.

Nu begreep hij ook de wanhoop van de kroegbaas: hij had hem duidelijk proberen te maken dat hij die man niet moest vertrouwen. Ik ben net als iedereen: ik zie de wereld zoals ik zou willen dat hij was, en niet zoals hij is.

Hij bleef naar de stenen kijken, raakte ze voorzichtig aan, voelde de temperatuur en het gladde oppervlak. Die twee waren zijn schat. Hij hoefde ze maar aan te raken, dan werd hij al rustiger. Ze deden hem denken aan de oude man.

'Als je iets wilt, zweert heel het universum samen om het je te laten krijgen,' had de oude man tegen hem gezegd.

Hij vroeg zich af hoe dat waar kon zijn. Hier stond hij op een leeg marktplein, zonder een cent op zak en zonder schapen om die nacht over te waken. Maar de stenen vormden het bewijs dat hij een koning had ontmoet – een koning die zijn levensverhaal kende, die wist van het pistool van zijn vader en zijn eerste seksuele ervaring.

'De stenen dienen om de toekomst te voorspellen. Ze heten Urim en Tummim.' De jongen stopte de stenen weer in de tas en besloot het uit te proberen. De oude man had gezegd dat hij duidelijke vragen moest stellen, want de stenen waren alleen van nut voor iemand die wist wat hij wilde.

Toen vroeg de jongen of de zegen van de oude man nog steeds op hem rustte.

Hij haalde een van de stenen te voorschijn. Het was 'ja'.

'Zal ik mijn schat vinden?' vroeg de jongen.

Hij stak zijn hand in de tas en wilde een van de stenen pakken, toen ze allebei door een gat op de grond vielen. De jongen had nooit gemerkt dat zijn reistas kapot was. Hij bukte zich om Urim en Tummim op te rapen en terug te stoppen in de tas. Maar toen hij ze zo op de grond zag liggen, schoot hem een andere zin weer te binnen.

'Leer de tekens te achten en te volgen,' had de oude koning gezegd. Een teken. De jongen lachte in zichzelf. Toen raapte hij de twee stenen op en stak ze terug in zijn tas. Hij dacht er niet over het gat dicht te naaien – zo konden de stenen altijd ontsnappen als ze dat wilden. Hij had begrepen dat er dingen zijn die je niet hoort te vragen – om niet te vluchten voor je eigen lot. Ik heb beloofd om zelf mijn beslissingen te nemen, zei hij tegen zichzelf.

Maar de stenen hadden gezegd dat de oude man nog steeds met hem was en dat gaf hem meer vertrouwen. Hij keek opnieuw naar de lege markt en voelde de wanhoop van iets daarvoor al niet meer. Hij was niet in een vreemde wereld, hij was in een nieuwe wereld.

Per slot van rekening was dit precies wat hij altijd gewild had: nieuwe werelden leren kennen. Al zou hij nooit bij de piramiden komen, dan nog was hij verder gegaan dan welke herder ook die hij kende. O, als ze eens wisten dat er op twee uur varen zulke andere dingen bestaan.

De nieuwe wereld rees voor hem op in de vorm van een verlaten marktplein, maar hij had dat al vol leven gezien en dat zou hij nooit meer vergeten. Hij herinnerde zich het zwaard – het was een hoge prijs voor even kijken, maar hij had ook nog nooit eerder zoiets gezien. Ineens voelde hij dat hij tegen de wereld aan kon kijken als het arme slachtoffer van een dief, of als een avonturier op zoek naar een schat.

Ik ben een avonturier op zoek naar een schat, dacht hij en viel uitgeput in slaap.

*

Hij werd wakker van iemand die aan hem schudde. Hij had midden op de markt geslapen en het leven op dat plein stond op het punt opnieuw te beginnen.

Terwijl hij zoekend naar zijn schapen om zich heen keek, drong het langzaam tot hem door dat hij in een andere wereld was. In plaats van zich triest te voelen, werd hij blij. Het was afgelopen met het zoeken naar water en voedsel; hij kon op zoek gaan naar een schat. Geld had hij niet meer, maar hij had wel vertrouwen in het leven. De avond tevoren had hij ervoor gekozen een avonturier te worden, zoals de personages uit zijn boeken.

Zonder haast begon hij over het plein te kuieren. De kooplui waren bezig hun kraampjes op te zetten; hij hielp een banketbakker het zijne opbouwen. Op het gezicht van die banketbakker lag een andere glimlach: hij was vrolijk, opgewekt, klaar om een goede werkdag te beginnen. Het was een glimlach die ergens deed denken aan de oude man, die oude, geheimzinnige koning die hij had ontmoet. Deze banketbakker maakt geen koekjes omdat hij wil reizen, of wil trouwen met de dochter van een winkelier, deze banketbakker maakt koekjes omdat hij dat leuk vindt, dacht de jongen en merkte dat hij hetzelfde kon als de oude man –weten of iemand dicht bij zijn eigen legende of er juist ver van af was. Alleen door naar hem te kijken. Het is doodsimpel en ik heb het nooit gemerkt.

Toen ze klaar waren, stak de banketbakker hem het eerste koekje toe dat hij gemaakt had. De jongen at tevreden, bedankte en liep door. Toen hij al een eindje weg was, bedacht hij dat de kraam was opgezet door een Arabisch- en een Spaanstalig iemand.

En ze hadden elkaar volkomen begrepen.

Er bestaat dus een taal buiten de woorden, dacht de jongen. Dat had ik al gemerkt bij mijn schapen en nu maak ik het mee met mensen.

Hij was verschillende nieuwe dingen aan het leren. Dingen die hij al ooit had meegemaakt en die toch nieuw waren, omdat ze hem gewoon niet waren opgevallen. En ze waren hem niet opgevallen omdat hij er zo aan gewend was. Als het me lukt om die taal zonder woorden te ontcijferen, kan ik de wereld ontcijferen.

'Alles is één,' had de oude man gezegd.

Hij besloot op zijn gemak en zonder angst door de smalle straten van Tanger te lopen: alleen op die manier zou hij de tekens kunnen begrijpen. Dat vereiste veel geduld, maar geduld is de eerste deugd die een herder leert. Voor de zoveelste keer merkte hij dat hij in die vreemde wereld de lessen aan het toepassen was die hij van zijn schapen had geleerd.

'Alles is één,' had de oude man gezegd.

*

De kristalverkoper zag het licht worden en voelde dezelfde beklemming als iedere morgen. Al bijna dertig jaar dreef hij een zaak boven aan een helling, waar slechts zelden een klant voorbijkwam. Nu was het te laat om nog iets te veranderen: alles wat hij in zijn leven had geleerd was kristal kopen en verkopen. Ooit had het stormgelopen in zijn winkel: Arabische kooplui, Franse en Engelse geologen, Duitse soldaten, altijd met flink veel geld op zak. In die tijd was het geweldig om kristal te verkopen, en hij dacht hoe hij rijk zou worden en mooie vrouwen zou hebben als hij oud was.

De bloeitijd van de stad duurde echter niet eeuwig. Ceuta groeide harder dan Tanger en de handel nam een andere koers. De buren verhuisden en er bleven nog maar een paar winkels over op de helling. Niemand ging een steile straat opklauteren vanwege een stuk of wat winkeltjes. Maar de kristalverkoper had geen keus. Hij had dertig jaar van zijn leven kristal gekocht en verkocht, en nu was het te laat om nog te veranderen.

Heel de morgen bleef hij zitten kijken naar het weinige volk op straat. Dat deed hij al jaren en hij wist precies wanneer wie langskwam. Een paar minuten voor het middageten bleef er een buitenlandse jongen voor zijn etalage staan. Hij was normaal gekleed, maar de ervaren blik van de kristalverkoper zag dat hij geen geld had. Desondanks besloot hij naar binnen te gaan en even te wachten, tot de jongen weg was.

*

Op de deur hing een bordje waarop stond dat er verschillende talen werden gesproken. De jongen zag een man achter de toonbank verschijnen.

'Als u wilt kan ik deze karaffen en glazen poetsen,' zei de jongen. 'Zoals ze er nu uitzien wil geen mens ze hebben.'

De man keek hem aan zonder iets te zeggen.

'In ruil daarvoor betaalt u mij een bord eten.'

De man bleef zwijgen en de jongen voelde dat hij een beslissing moest nemen. In zijn herderstas had hij zijn jas zitten – die zou hij niet meer nodig hebben in de woestijn. Hij haalde de jas eruit en begon het kristal te poetsen. Een half uur lang maakte hij alle glazen en karaffen in de etalage schoon; in de tussentijd kwamen er twee klanten binnen die kristal kochten van de man.

Toen hij klaar was, vroeg hij de man een bord eten.

'Kom maar mee,' zei de kristalverkoper.

Hij hing een bordje aan de deur en ze liepen naar een piepklein kroegje boven aan de helling. Zodra ze aan het enige tafeltje hadden plaatsgenomen, glimlachte de kristalverkoper.

'Je had helemaal niets hoeven schoon te maken,' zei hij. 'De wet van de koran gebiedt eten te geven aan wie honger heeft.'

'Waarom liet u mij dat dan doen?' vroeg de jongen.

'Omdat het kristal vuil was. En zowel jij als ik moest zijn hoofd zuiveren van slechte gedachten.'

Toen ze klaar waren met eten, zei de koopman: 'Ik zou willen dat je bij mij in de winkel kwam werken. Vandaag kwamen er twee klanten binnen terwijl jij stond te poetsen en dat is een goed teken.'

De mensen praten veel over tekens, dacht de herder. Maar ze weten niet wat ze zeggen. Net zoals ik niet begreep dat ik al jarenlang een taal zonder woorden sprak met mijn schapen.

'Wil je dat?' drong de koopman aan.

'Ik kan de rest van de dag blijven werken,' antwoordde de jongen. 'Ik zal tot diep in de nacht al het kristal in de winkel poetsen. In ruil daarvoor heb ik geld nodig om morgen naar Egypte te gaan.'

De oude man lachte opnieuw.

'Al zou je een heel jaar lang mijn kristal poetsen en een fikse commissie krijgen voor ieder verkocht stuk, dan nog zou je geld moeten lenen om naar Egypte te gaan. Tussen Tanger en de piramiden liggen duizenden kilometers woestijn.'

Heel even viel er zo'n diepe stilte dat het leek of de stad ingeslapen was. Het bestond allemaal niet meer, de kraampjes, het loven en bieden van de kooplieden, de mannen die minaretten beklommen en zongen, de mooie zwaarden met siergevesten. Er was geen hoop en geen avontuur meer, weg waren de oude koningen en eigen legendes, de schat en de piramiden. Het was alsof de hele wereld de adem inhield omdat de ziel van de jongen zweeg. Hij voelde niet eens pijn of verdriet of teleurstelling: hij staarde alleen maar leeg naar buiten door de smalle deur van de kroeg en had een immense zin om te sterven, om op datzelfde moment alles te laten ophouden.

De koopman keek verbijsterd naar de jongen. Het was alsof alle blijdschap die hij die ochtend had gezien ineens verdwenen was.

'Ik kan je geld geven om naar huis te gaan,' zei hij.

De jongen bleef stil. Toen stond hij op, trok zijn kleren recht en pakte zijn tas.

'Ik kom bij u werken,' zei hij.

En na een nieuwe lange stilte, besloot hij: 'Ik heb geld nodig om een paar schapen te kopen.'

Tweede deel

De jongen werkte bijna een maand bij de kristalverkoper en het was niet bepaald het soort werk dat hem gelukkig maakte. Zijn baas stond de hele dag achter de toonbank te mopperen en te zeuren dat hij moest oppassen om niets te breken of te laten vallen.

Maar hij bleef, omdat de koopman wel nurks was, maar niet onrechtvaardig: hij kreeg een aardige commissie voor ieder verkocht stuk en had al wat geld opzij kunnen leggen. Desondanks zou hij, zo had hij die morgen uitgerekend, als hij iedere dag bleef doorwerken zoals hij nu deed, een heel jaar nodig hebben om een paar schapen te kunnen kopen.

'Ik wou graag een rek voor het kristal maken,' zei de jongen tegen de koopman. 'Dat kunnen we buiten zetten om mensen aan te trekken die onder aan de helling langslopen.'

'Ik heb nog nooit een rek gemaakt,' antwoordde de koopman. 'De mensen lopen ertegenaan. Het kristal breekt.'

'Toen ik rondtrok met mijn schapen, konden ze doodgebeten worden door een slang. Maar dat maakt deel uit van het leven van schapen en herders.'

De koopman bediende een klant die drie kristallen vazen wilde. Hij verkocht beter dan ooit, alsof de tijd was teruggekeerd dat de straat een van de hoofdattracties van Tanger was.

'Het is heel wat drukker geworden,' zei hij tegen de jongen toen de klant weg was. 'Door het geld kan ik beter leven en zul jij snel je schapen terugkrijgen. Waarom meer verlangen van het leven?'

'Omdat we de tekens moeten volgen,' zei de jongen bijna onwillekeurig; en hij had er meteen spijt van, want de koopman had nooit een koning ontmoet.

'Het heet voorspoedige start, beginnersgeluk. Want het leven wil dat je je eigen legende leeft,' had de oude man gezegd.

Maar de koopman begreep heel goed wat de jongen zei. Alleen zijn aanwezigheid al was een teken, en omdat er metterdag meer geld in het laatje kwam, had hij geen spijt dat hij de Spanjaard had aangenomen. Ook al verdiende hij meer dan eigenlijk zou moeten; omdat hij had gedacht dat zijn omzet toch niet groter zou worden, had hij een hoog commissieloon aangeboden, en zijn intuïtie zei hem dat de knaap spoedig weer bij zijn schapen zou zijn.

'Waarom wil je de piramiden leren kennen?' vroeg hij om niet meer over het rek te hoeven praten.

'Omdat ik daar zo vaak van gehoord heb,' zei de jongen, die zorgvuldig vermeed over zijn droom te praten. De schat was nu een herinnering, maar een nog altijd schrijnende herinnering en hij probeerde er zomin mogelijk aan te denken.

'Ik ken hier niemand die de hele woestijn door wil alleen maar om de piramiden te zien,' zei de koopman. 'Het zijn gewoon een paar stapels stenen. Je kunt er zelf een maken in je tuin.'

'U hebt er nooit van gedroomd te reizen,' zei de jongen en wendde zich tot een klant die de winkel binnenkwam.

Twee dagen later kwam de kristalverkoper terug op het rek.

'Ik houd niet van veranderingen,' zei hij. 'Jij noch ik is zoals Hassan, de steenrijke groothandelaar. Als die een keer een fout maakt, deert hem dat nauwelijks. Maar wij twee blijven onze fouten altijd voelen.'

Dat klopt, dacht de jongen.

'Waarvoor wil je dat rek?' vroeg de koopman.

'Ik wil sneller terug naar mijn schapen. We moeten ervan profiteren als het geluk met ons is en er alles aan doen om het te helpen, net zoals het geluk ons helpt. Dat heet voorspoedige start. Of beginnersgeluk.'

De oude man bleef een poosje stil. Toen zei hij: 'De Profeet gaf ons de koran en legde ons slechts vijf plichten op. De belangrijkste is: uitspreken dat er maar één God is. De andere zijn: vijf keer per dag bidden, vasten in de maand ramadan, de armen helpen.'

Hij zweeg. De tranen schoten hem in de ogen bij het praten over de Profeet. Hij was heetgebakerd, driftig, maar zelfs met al zijn ongeduld probeerde hij toch te leven overeenkomstig de mohammedaanse wet.

'En wat is de vijfde plicht?' vroeg de jongen.

'Twee dagen geleden zei je tegen mij dat ik nooit gedroomd had van reizen,' antwoordde de koopman. 'De vijfde plicht van iedere mohammedaan is een reis maken. Ten minste één keer in ons leven moeten we naar de heilige stad Mekka gaan.

Mekka ligt veel verder dan de piramiden. Toen ik jong was, spaarde ik het beetje geld dat ik had liever om deze winkel te beginnen. Ik dacht dat ik later wel ooit rijk zou worden, en dan zou ik naar Mekka gaan. Ik verdiende geld, maar ik kon niemand op het kristal laten passen, want dat is zo breekbaar. Tegelijkertijd zag ik vanuit mijn winkel veel mensen langslopen die op weg waren naar Mekka. Af en toe een rijke pelgrim, met een waar gevolg van knechten en kamelen, maar de meeste mensen waren stukken armer dan ik.

Zonder uitzondering kwamen ze tevreden terug en hingen de symbolen van de pelgrimsreis aan de deur van hun huizen. Een van hen, een schoenlapper die leefde van het herstellen van andermans schoenen, vertelde me dat hij bijna een jaar door de woestijn had gelopen, maar dat hij moeër werd wanneer hij een paar wijken van Tanger moest aflopen voor leer.'

'Waarom gaat u nu niet naar Mekka?' vroeg de jongen.

'Omdat Mekka mij in leven houdt. Dankzij Mekka lukt het mij dit allemaal te verdragen, die sleur van eeuwig en altijd hetzelfde, die zwijgende vazen op de schappen, het eten 's middags en 's avonds in dat afgrijselijke restaurant.

Jij droomt van schapen en piramiden. Je bent anders dan ik, want jij wilt je dromen verwezenlijken. Ik wil alleen maar dromen van Mekka. Duizenden keren al heb ik mij de tocht door de woestijn voorgesteld, mijn aankomst op het plein met de heilige steen, de zeven keer dat ik eromheen moet lopen voor ik hem aan mag raken. Ik heb me de mensen voorgesteld die erbij zullen zijn, de gesprekken die ik met hen voer, de gebeden die we zeggen. Maar ik ben bang dat het een grote teleurstelling wordt en daarom houd ik het liever bij dromen.'

Die dag gaf de koopman de jongen toestemming het rek te timmeren. Niet iedereen hoeft op dezelfde manier tegen dromen aan te kijken.

*

Er waren opnieuw twee maanden voorbijgegaan en het rek trok veel klanten naar de zaak. De jongen berekende dat hij na nog eens zes maanden werken terug kon naar Spanje en daar geen zestig maar honderdtwintig schapen kon kopen. Dat betekende dat hij in minder dan een jaar tijd zijn kudde verdubbeld zou hebben. Bovendien zou hij zich kunnen opwerpen als tolk bij de Arabieren, want hij beheerste inmiddels hun taal. Na die ochtend op de markt had hij nooit meer gebruikgemaakt van Urim en Tummim, want Egypte was puur een droom geworden, een droom even onbereikbaar als Mekka voor de koopman. Hij was nu wel tevreden met zijn werk en dacht voortdurend aan de dag dat hij als overwinnaar in Tarifa aan land zou gaan.

'Denk eraan dat je altijd weet wat je wilt,' had de oude koning gezegd. De jongen wist het en werkte ervoor. Misschien was dat de schat wel, het feit dat hij in dit vreemde land verzeild was geraakt, dat iemand al zijn geld had gestolen en dat hij de omvang van zijn kudde had verdubbeld zonder een cent uit te geven.

Hij was trots op zichzelf. Hij had belangrijke dingen geleerd, zoals de kneepjes van de kristalhandel, de taal zonder woorden en de tekens. Op een middag hoorde hij een man klagen in de winkel dat je nergens fatsoenlijk iets kon drinken na die hele klim. De jongen kende de taal der tekens al en riep de oude man.

'Waarom verkopen we geen thee aan de mensen die de helling op komen?' zei hij.

'Het zit hier vol lui die thee verkopen,' antwoordde de koopman.

'Maar wij kunnen het doen in kristallen glazen. Dan slaan we twee vliegen in één klap: de mensen vinden de thee lekker en willen de glazen kopen. Want de grootste verleidster van de mens is schoonheid.'

De koopman keek de jongen enige tijd aan. Hij zei niets. Maar die avond, na het zeggen van de gebeden en het sluiten van de winkel, ging hij bij hem op straat zitten en bood hem de nargileh aan – die vreemde pijp van de Arabieren.

'Waar ben je naar op zoek?' vroeg hij.

'Dat heb ik al gezegd. Ik moet mijn schapen terugkopen. En daarvoor is geld nodig.'

De oude man stak de nargileh opnieuw aan en nam een lange trek.

'Ik zit al dertig jaar in deze handel. Ik ken het verschil tussen goed en slecht kristal, weet precies waarvoor het te gebruiken is. Ik ben gewend aan hoe de winkel nu is. Als we thee in kristal verkopen, gaat hij groeien. En dan moet ik mijn manier van leven veranderen.'

'En dat is niet goed?'

'Ik ben gewend aan hoe ik leef. Vóór jouw komst dacht ik dat ik veel te veel tijd verloren had op dezelfde plek, terwijl mijn vrienden allemaal iets anders waren gaan doen of hogerop waren gekomen. Dat gaf mij een immens triest gevoel. Nu weet ik dat het niet zo was: de winkel is precies zo groot als ik altijd gewild heb. Ik wil niet veranderen, want ik weet niet hoe dat moet. Ik ben al te zeer gewend aan mezelf.'

De jongen wist niet wat hij moest zeggen. Daarop ging de oude man door: 'Jij was een zegen voor mij. En ik begrijp één ding nu: iedere zegen die je niet aanvaardt, verandert in een vloek. Ik verlang niet méér van het leven. En jij dwingt mij te kijken naar rijkdommen en horizonten die ik nooit heb gekend.

Nu ik ze ken en begrijp wat voor geweldige mogelijkheden er openliggen, ga ik mij slechter voelen dan ik voorheen deed. Omdat ik weet dat ik alles kan krijgen, en dat wil ik niet.'

Maar goed dat ik niets tegen de popcornventer heb gezegd, dacht de jongen.

Ze bleven nog enige tijd de nargileh zitten roken, terwijl de zon langzaam wegzakte. Ze praatten in het Arabisch en de jongen was tevreden over zichzelf, omdat hij Arabisch kende. Ooit had hij gedacht dat de schapen hem alles over de wereld konden leren. Maar de schapen konden hem geen Arabisch bijbrengen.

Er moeten nog meer dingen zijn die je niet kunt leren van schapen, dacht de jongen, terwijl hij zwijgend naar de koopman keek. Want ze zijn alleen maar op zoek naar eten en drinken. Ik geloof dat zij mij niets bijbrengen, maar dat ik iets leer.

'*Maktub*,' zei de koopman ten slotte.

'Wat is dat?'

'Je zou als Arabier geboren moeten zijn om dat te begrijpen,' antwoordde hij. 'Maar het betekent zoiets als "het staat geschreven".'

En terwijl hij de pijp uitklopte, zei hij dat de jongen thee kon gaan verkopen in kristal. Soms is het onmogelijk de stroom van het leven tegen te houden.

*

De mensen die de helling op kwamen werden moe. Maar bovenaan wachtte een winkel met mooi kristal en verfrissende muntthee. En ze stapten naar binnen om thee te drinken, die werd geserveerd in fraaie kristallen glazen.

'Daar heeft mijn vrouw nog nooit aan gedacht,' zei er een en hij kocht een set, want hij zou die avond bezoek krijgen: zijn gasten zouden diep onder de indruk zijn van de rijkdom van zijn bekers. Een andere man zwoer dat thee altijd lekkerder was als hij geserveerd werd in kristal, want dat hield het aroma beter vast. Een derde zei dat het in de Oriënt traditie was kristal te gebruiken voor de thee, vanwege de magische krachten ervan.

Binnen de kortste keren verspreidde het nieuws zich en veel mensen klommen de helling op om de winkel te zien die iets volkomen nieuws deed in een oeroude handel. Er werden meer zaken met thee in kristallen glazen geopend, maar die lagen niet boven aan een helling en waren daarom altijd leeg.

Spoedig daarna moest de koopman twee extra krachten in dienst nemen. Hij voerde nu naast het kristal ook enorme hoeveelheden thee in, die dagelijks werden geconsumeerd door mannen en vrouwen die dorstten naar nieuwe dingen.

En zo gingen er zes maanden voorbij.

*

De jongen werd wakker voor het dag was. Er waren elf maanden en negen dagen verstreken sinds hij voor het eerst voet had gezet op Afrikaanse bodem.

Hij trok de witte linnen Arabische kleren aan die hij speciaal voor die dag had gekocht. Vervolgens draaide hij de doek om zijn hoofd en zette hem vast met een band van kameelhaar. Tot slot trok hij zijn nieuwe sandalen aan en liep geruisloos naar beneden.

De stad sliep nog. Hij at een stuk brood met sesamolie en dronk hete thee uit een kristallen glas. Daarna ging hij op de drempel zitten en rookte in zijn eentje de nargileh.

Hij rookte stil, gedachteloos, luisterde alleen naar het onophoudelijke geluid van de wind, die de geur van de woestijn aanwaaide. Toen hij uitgerookt was, stak hij zijn hand in een van zijn zakken en bleef een poosje zitten kijken naar wat hij eruit had gehaald.

Dat was een dik pak geld. Genoeg om honderdtwintig schapen te kopen, een kaartje voor de boot en een vergunning om handel te drijven tussen zijn land en het land waar hij was.

Hij wachtte geduldig tot de oude man wakker werd en de winkel opende. Toen gingen ze zitten om thee te drinken.

'Ik ga vandaag weg,' zei de jongen. 'Ik heb geld om mijn schapen te kopen. U hebt geld om naar Mekka te gaan.'

De oude man zei niets.

'Geef mij uw zegen,' drong de jongen aan. 'U hebt mij geholpen.'

De oude man ging zwijgend door met het zetten van de thee. Na enige tijd echter draaide hij zich om naar de jongen.

'Ik ben trots op jou,' zei hij. 'Jij hebt leven gebracht in mijn kristalwinkel. Maar ik ga niet naar Mekka. En jij zult geen schapen meer kopen.'

'Hoe weet u dat?' vroeg de jongen verschrikt.

'Maktub,' zei de oude kristalverkoper alleen maar.

En zegende hem.

*

De jongen liep naar zijn kamer en pakte alles bijeen wat hij had. Het waren drie tassen vol. Toen hij al half de kamer uit was, zag hij in een hoek van de kamer zijn oude herderstas liggen. Helemaal gekreukt. Binnenin zaten nog steeds zijn jas en hetzelfde boek. Toen hij de jas eruit haalde, met het idee die aan iemand op straat te geven, rolden de twee stenen op de grond. Urim en Tummim.

Toen herinnerde de jongen zich de oude koning, en hij was verbaasd toen hij besefte hoe lang hij al niet meer aan hem gedacht had. Een jaar lang had hij onafgebroken gewerkt, met als enige bedoeling genoeg geld bijeen te krijgen om niet met gebogen hoofd terug te hoeven naar Spanje.

'Geef je dromen nooit op,' had de oude koning gezegd. 'Volg de tekens.'

De jongen raapte Urim en Tummim op en had opnieuw dat rare gevoel dat de koning dichtbij was. Hij had een jaar keihard gewerkt en de tekens gaven aan dat het nu tijd was om te vertrekken.

Ik word weer precies hetzelfde als vroeger, dacht hij. En de schapen hebben mij geen Arabisch geleerd.

Maar de schapen hadden hem wel iets anders geleerd, iets wat nog veel belangrijker was: dat er een taal bestond die iedereen begreep en die de jongen gedurende heel die tijd gebruikt had om de zaak te doen floreren. Dat was de taal van de geestdrift, van de dingen die je doet met hart en ziel, op zoek naar iets wat je wilt of waarin je gelooft. Tanger was geen vreemde stad meer, en hij had het gevoel dat hij net zoals hij die plek had veroverd, de hele wereld kon veroveren.

'Als je iets wilt, spant heel het universum samen om het te kunnen verwezenlijken,' had de oude koning gezegd.

Maar de oude koning had met geen woord gerept van diefstal, eindeloze woestijnen en mensen die hun dromen kennen maar die niet willen verwezenlijken. Hij had niet verteld dat piramiden niet méér waren dan hopen stenen, die iedereen kon opstapelen in zijn tuin. En hij was vergeten te zeggen dat als je geld hebt om een kudde te kopen die groter is dan die je had, dat je dan die kudde moet kopen.

De jongen raapte de herderstas op, pakte de andere tassen en liep de trap af; de oude man was een buitenlands echtpaar aan het helpen, terwijl twee andere klanten rondkeken en thee dronken uit kristallen glazen. Het was behoorlijk druk zo vroeg op de dag. Van boven gezien viel het hem voor de eerste keer op dat het haar van zijn baas erg veel leek op het haar van de oude koning. Hij moest denken aan de glimlach van de banketbakker, de eerste dag in Tanger, toen hij geen eten en geen dak boven zijn hoofd had; ook die glimlach had hem aan de oude koning herinnerd.

Alsof hij hier langs was gekomen en een merkteken achter had gelaten, dacht hij. En alsof iedereen die koning al ooit in zijn leven had ontmoet. Per slot van rekening had hij gezegd dat hij altijd verscheen aan mensen die hun eigen legende leefden.

Hij ging weg zonder afscheid te nemen van de kristalverkoper. Hij wilde niet huilen waar anderen bij waren. Maar hij zou heimwee krijgen naar die tijd en naar alle goede dingen die hij had geleerd. Hij was stukken zelfverzekerder en had het gevoel dat hij de hele wereld aankon.

Maar ik ben op weg naar de velden die ik al ken, om opnieuw schapen te hoeden. En hij was niet meer blij met zijn beslissing. Een heel jaar had hij gewerkt om een droom te verwezenlijken, en die droom verloor met de minuut aan betekenis. Misschien omdat het niet zijn droom was.

Misschien is het wel beter om te zijn als de kristalverkoper: nooit naar Mekka gaan en leven van het verlangen om het te zien. Maar hij hield Urim en Tummim in zijn hand en die stenen gaven hem de kracht en de wil van de oude koning. Door een toeval – of een teken, dacht hij – kwam hij langs het café waar hij de eerste dag naar binnen was gegaan. De dief zat er dit keer niet en de baas bracht hem een kop thee.

Herder kan ik altijd nog worden, dacht de jongen. Ik heb geleerd om schapen te hoeden en ik zal nooit vergeten hoe dat moet. Maar waarschijnlijk krijg ik nooit meer de kans om naar de piramiden van Egypte te gaan. De oude man had een gouden borstschild en kende mijn geschiedenis. Het was een echte koning, een wijze koning.

Naar Andalusië was slechts twee uur varen, terwijl tussen hem en de piramiden een volledige woestijn lag. Toch begreep de jongen dat hij er ook op een andere manier tegenaan kon kijken: in feite was hij twee uur dichter bij zijn schat. Zelfs al had hij over die twee uur bijna een vol jaar gedaan.

Ik weet waarom ik terug wil naar mijn schapen. Die ken ik, ze geven niet veel werk en ik kan van ze houden. Ik weet niet of ik van de woestijn kan houden, maar het is de woestijn die mijn schat verbergt. Als ik die niet kan vinden, kan ik altijd nog terug naar huis. Maar het leven heeft mij ineens genoeg geld gegeven en ik heb alle tijd van de wereld. Waarom het dus niet proberen?

Op dat moment voelde hij een immense vreugde. Hij kon altijd opnieuw schaapherder worden. Of kristalverkoper. Misschien hield de wereld nog heel wat meer schatten verborgen, maar hij had twee keer dezelfde droom gehad en een koning ontmoet. Dat overkwam niet iedereen.

Blij en gelukkig liep hij het café uit. Hij had zich herinnerd dat een van de kristalleveranciers zijn waar aanvoerde met karavanen die dwars door de woestijn trokken. Hij hield Urim en Tummim in zijn handen; vanwege die twee stenen was hij weer op weg naar zijn schat.

'Ik ben altijd in de buurt van hen die hun eigen legende leven,' had de oude koning gezegd.

Het kostte niets om in het pakhuis te gaan vragen of het echt ver weg was naar de piramiden.

*

De Engelsman zat in een bouwwerk dat rook naar beesten, zweet en stof. Een pakhuis kon je het niet noemen, het was eerder een stal. Heb ik daarvoor tien jaar gestudeerd, dacht hij terwijl hij verstrooid in een chemisch tijdschrift bladerde. Om in zo'n stal te zitten.

Maar hij moest doorgaan. Hij moest geloven in tekens. Heel zijn leven, heel zijn studie had hij gezocht naar de eenheidstaal van het heelal. Eerst had hij zich op het Esperanto geworpen, toen op de godsdienst en ten slotte op de alchemie. Hij sprak vloeiend Esperanto en kende alle religies vanbinnen en vanbuiten, maar een alchemist was hij nog niet. Hij had belangrijke dingen leren ontcijferen, dat wel ja, maar zijn onderzoek zat nu muurvast. Verschillende keren had hij geprobeerd in contact te komen met andere alchemisten, maar helaas had hij moeten vaststellen dat alchemisten rare mensen waren, die alleen aan zichzelf dachten en iedere hulp weigerden. Misschien hadden ze het geheim van het grote werk – de steen der wijzen – nooit ontdekt en hulden ze zich daarom in stilzwijgen.

Een deel van het fortuin dat zijn vader hem had nagelaten had hij er al doorgedraaid met zijn vruchteloze zoeken naar de steen der wijzen. Hij was in de beste bibliotheken van de wereld geweest en had de belangrijkste en zeldzaamste boeken over alchemie gekocht. In een daarvan had hij gelezen dat een beroemde Arabische alchemist ooit Europa bezocht had. Hij was ruim tweehonderd jaar oud, zo zei men, en had de steen der wijzen en het levenselixer ontdekt. De Engelsman was diep onder de indruk van dat verhaal, maar het was daar waarschijnlijk bij gebleven als een vriend hem bij zijn terugkeer van een archeologische expeditie in de woestijn niet had verteld over een Arabier die uitzonderlijke gaven had.

'Hij woont in de oase Al-Fayoum,' had zijn vriend gezegd. 'En de mensen beweren dat hij tweehonderd jaar oud is en dat hij elk metaal in goud kan veranderen.'

De Engelsman wist niet hoe hij het had. Hij zegde onmiddellijk al zijn afspraken af, pakte de belangrijkste boeken bijeen en vertrok. En nu zat hij hier, in dit pakhuis dat eerder een stal leek, terwijl buiten een immense karavaan zich opmaakte om door de Sahara te trekken. Die karavaan zou langs Al-Fayoum komen.

Ik moet die verdomde alchemist leren kennen, dacht de Engelsman. En de lucht van de dieren werd ietwat draaglijker.

Een jonge Arabier, eveneens zwaarbeladen met koffers, stapte bij de Engelsman binnen en groette hem.

'Waar ga jij heen?' vroeg de jonge Arabier.

'Naar de woestijn,' antwoordde de Engelsman en boog zich weer over zijn lectuur. Hij had nu geen zin om te praten. Hij moest alles ophalen wat hij de afgelopen tien jaar had geleerd, want de alchemist zou hem zo goed als zeker onderwerpen aan een soort examen.

De jonge Arabier haalde een boek te voorschijn en begon te lezen. Het was een Spaans boek. Gelukkig, dacht de Engelsman. Spaans ging hem beter af dan Arabisch, en als die jongen naar Al-Fayoum ging, had hij iemand om wat mee te kletsen als hij niet met belangrijke zaken bezig was.

*

Wat grappig, dacht de jongen, terwijl hij voor de zoveelste keer de begrafenisscène uit het begin van het boek probeerde te lezen. Ik ben nu al bijna een jaar geleden begonnen met dit boek, en ik kom maar niet verder dan deze eerste paar bladzijden. Zelfs zonder dat een koning hem stoorde kon hij zich niet concentreren. Hij twijfelde nog steeds over zijn beslissing. Maar hij begreep wel één belangrijk iets: beslissingen zijn niet meer dan het begin. Wanneer je er een neemt, duik je in feite in een machtige stroom, die je meevoert naar een plek waar je nog niet van gedroomd hebt op het moment van de beslissing.

Toen ik besloot om op zoek te gaan naar mijn schat, had ik nooit gedacht dat ik zou gaan werken in een kristalwinkel, dacht de jongen om zijn redenering te staven. Net zo is het besluit om met deze karavaan mee te gaan dan wel van mij, maar wat het verloop betreft tast ik in het duister.

De andere Europeaan zat nog steeds te lezen. Wat een vervelende vent, ze hadden best vrienden kunnen worden, maar hij had hem vol minachting aangekeken en het gesprek meteen afgebroken.

Hij sloeg zijn boek dicht, wilde niets doen wat hem deed lijken op die Europeaan. Daarna haalde hij Urim en Tummim uit zijn zak en begon ermee te spelen.

De vreemdeling slaakte een gil: 'Een Urim en Tummim!'

Razendsnel stak de jongen de stenen terug in zijn zak.

'Ze zijn niet te koop,' zei hij.

'Ze zijn ook niet veel waard,' zei de Engelsman. 'Het zijn gewoon rotskristallen, meer niet. Er zijn miljoenen rotskristallen op aarde, maar voor wie het begrijpt zijn dit Urim en Tummim. Ik wist niet dat je er hier ook had.'

'Ik heb ze gekregen van een koning,' zei de jongen.

De vreemdeling zweeg even, stak toen zijn hand in zijn zak en haalde er bevend twee identieke stenen uit.

'Je had het over een koning,' zei hij.

'En jij gelooft natuurlijk niet dat koningen met herders praten,' zei de jongen, die nu op zijn beurt het gesprek wilde afbreken.

'Integendeel. Herders waren de eersten die een koning erkenden van wie de rest van de wereld niets wou weten. Daarom is het zeer waarschijnlijk dat koningen met herders praten.'

En hij voegde eraan toe, bang dat de jongen het niet begreep: 'Dat staat in de bijbel. Hetzelfde boek dat mij leerde deze Urim en Tummim te maken. Deze stenen waren de enige vorm van toekomstvoorspelling die God toestond. De hogepriesters bewaarden ze in een gouden borstschild.'

De jongen was nu blij dat hij in dat pakhuis zat.

'Misschien is dit een teken,' zei de Engelsman, alsof hij hardop dacht.

'Wie heeft jou over tekens gesproken?' De belangstelling van de jongen groeide met de minuut.

'Alles in het leven is een teken,' zei de Engelsman en sloeg het tijdschrift dat hij aan het lezen was dicht. 'Het heelal bestaat uit één taal, die iedereen verstaat maar die vergeten is. Naast een aantal andere dingen ben ik op zoek naar die universele taal. Daarom ben ik hier. Omdat ik een man moet vinden die die universele taal kent. Een alchemist.'

Het gesprek werd onderbroken door de baas van het pakhuis.

'Jullie hebben geluk,' zei de dikke Arabier. 'Vanmiddag vertrekt er een karavaan naar Al-Fayoum.'

'Maar ik ga naar Egypte,' zei de jongen.

'Al-Fayoum ligt in Egypte,' reageerde de baas. 'Wat ben jij voor Arabier?'

De jongen zei dat hij Spanjaard was. De Engelsman was blij: ook al ging hij dan gekleed als Arabier, die jongen was tenminste Europeaan.

'Hij noemt de tekens "geluk",' zei de Engelsman, toen de dikke Arabier weg was. 'Als ik kon, zou ik een reusachtige encyclopedie schrijven over de woorden "geluk" en "toeval". Dat zijn de woorden waarmee de universele taal geschreven wordt.'

Vervolgens merkte hij op dat het geen 'toeval' was geweest dat hij hem hier met Urim en Tummim in de hand had ontmoet. Hij vroeg of hij ook op zoek was naar de alchemist.

'Ik ben op zoek naar een schat,' zei de jongen, en had daar onmiddellijk spijt van. Maar de Engelsman leek er geen belang aan te hechten.

'Ik in zekere zin ook,' zei hij.

'En ik weet niet eens wat alchemie betekent,' waren de laatste woorden van de jongen, toen de baas van het pakhuis hen naar buiten riep.

*

'Ik ben de leider van de karavaan,' zei een man met lange baard en donkere ogen. 'Ik beschik over leven en dood van iedereen die ik meeneem. Want de woestijn is als een grillige vrouw en maakt mannen soms stapelgek.'

De karavaan bestond uit een kleine tweehonderd mensen – mannen, vrouwen en kinderen – en twee keer zoveel dieren: kamelen, paarden, ezels, pluimvee. Een aantal mannen was uitgerust met een zwaard en een lang geweer. Allemaal samen zorgden ze voor een heidens kabaal en de leider moest zijn woorden meermaals herhalen voor hij door iedereen verstaan werd.

'Er zijn hier verschillende soorten mensen en in het hart van die mensen wonen verschillende goden. Maar míjn enige god is Allah, en ik zweer bij hem dat ik alles zal doen om de woestijn wederom te verslaan. Nu wil ik dat u allemaal in uw hart zweert bij de god waarin u gelooft, dat u mij onder alle omstandigheden zult gehoorzamen. In de woestijn betekent ongehoorzaamheid de dood.'

Een zacht gefluister golfde door de groep heen. Iedereen zwoer bij zijn eigen godheid. De jongen zwoer bij Jezus Christus. De Engelsman zweeg. Het geprevel hield langer aan dan nodig was om alleen maar te zweren; de mensen smeekten de hemel ook bescherming af.

Er weerklonk een lange klaroenstoot en iedereen besteeg zijn dier. De jongen en de Engelsman hadden een kameel gekocht en klommen er enigszins moeizaam op. De jongen had medelijden met de kameel van de Engelsman: die moest ook de zware tassen met boeken sjouwen.

'Toeval bestaat niet,' zei de Engelsman, pogend de draad van hun gesprek in het pakhuis weer op te nemen. 'Ik ben hier via een vriend die een Arabier kende die...'

Maar de karavaan zette zich in beweging en het was onmogelijk te verstaan wat de Engelsman zei. De jongen wist echter precies waar hij het over had: de mysterieuze keten die alles met elkaar verbindt, de keten die ervoor gezorgd had dat hij herder was geworden, twee keer achter elkaar dezelfde droom had gehad en in een stad dicht bij Afrika was beland, dat hij daar op de markt een koning had ontmoet en later beroofd was om een kristalhandelaar te leren kennen, en...

Hoe dichter je bij je droom komt, hoe meer de eigen legende de ware bestaansreden wordt, dacht de jongen.

*

De karavaan vertrok in oostelijke richting. Ze reisden 's ochtends, hielden halt wanneer de zon op haar heetst was en braken weer op als het begon te schemeren. De jongen praatte weinig met de Engelsman, die het grootste deel van de tijd verdiept was in zijn boeken.

Toen begon hij zwijgend de mars van mens en dier door de woestijn te observeren. Alles was nu totaal anders dan toen ze vertrokken waren: toen was het één grote chaos geweest van geschreeuw, huilende kinderen, briesende dieren en nerveuze bevelen van gidsen en kooplui. Maar zodra ze in de woestijn waren, was er alleen de eeuwige wind, de stilte en het hoefgetrappel van de dieren. Zelfs de gidsen praatten weinig met elkaar.

'Ik ben deze zandvlakte al vaak doorgetrokken,' zei een kamelendrijver op zekere avond, 'maar de woestijn is zo groot, de einder ligt zo ver weg, dat je je er klein door gaat voelen en stil wordt.'

De jongen begreep volkomen wat de kamelendrijver bedoelde, ook al had hij nog nooit eerder een voet in de woestijn gezet. Altijd als hij naar de zee of in vuur keek, kon hij uren zwijgend blijven zitten, zonder ergens aan te denken, overspoeld door de weidsheid en kracht van de elementen.

Ik heb van schapen geleerd en van kristal, dacht hij. Ik kan ook leren van de woestijn. Die lijkt mij ouder en wijzer.

De wind ging nooit liggen. De jongen herinnerde zich de dag dat hij diezelfde wind had gevoeld, zittend in een fort in Tarifa. Misschien streek hij nu zachtjes door de vacht van zijn schapen, die over de velden van Andalusië zwierven op zoek naar water en voedsel.

Het zijn mijn schapen niet, zei hij tegen zichzelf, zonder heimwee te voelen. Ze zullen zich intussen wel gewend hebben aan een andere herder en mij vergeten zijn. Dat is goed. Wie gewend is aan reizen, zoals de schapen, weet dat je altijd ooit moet vertrekken.

Vervolgens dacht hij aan de dochter van de winkelier en hij wist zeker dat ze getrouwd was. Misschien wel met een popcornventer, of een herder die ook kon lezen en vertellen; per slot van rekening was hij beslist niet de enige die dat kon. Maar hij raakte onder de indruk van zijn voorgevoel: wie weet was hij ook wel die universele taal aan het leren, die het heden en verleden van alle mensen kent. 'Voorgevoelens', zoals zijn moeder altijd zei. Hij begon te begrijpen dat een voorgevoel niets anders is dan een snelle duik van de ziel in die universele levensstroom, waar ieders geschiedenis verbonden is met iedereen en we alles kunnen weten, omdat alles geschreven staat.

'Maktub,' zei hij, denkend aan de kristalverkoper.

De woestijn bestond nu eens uit zand, dan weer uit stenen. Als de karavaan bij een rots of rotsmassief uitkwam, trokken ze er in een grote boog omheen. Als het zand te fijn was voor de hoeven van de kamelen, zochten ze een plek waar het steviger was. Soms was de bodem bedekt met een dunne zoutlaag, op plaatsen waar ooit een meer moest hebben gelegen. Dan protesteerden de dieren en de kamelendrijvers sprongen op de grond en ontdeden ze van hun lading. Vervolgens namen ze die zelf op hun schouders, staken te voet het verraderlijke stuk over en laadden alles weer op. Als een gids ziek werd of stierf, lootten de kamelendrijvers wie de nieuwe werd.

Maar hoeveel bochten en omwegen de karavaan ook moest maken, ze bleef steeds naar hetzelfde punt koersen. Na de obstakels te hebben overwonnen, richtte ze de kop opnieuw naar de ster die aangaf waar de oase lag. Wanneer de mensen die ster 's morgens aan de hemel zagen, wisten ze dat daar een plaats was met vrouwen, water, dadels en palmbomen. Alleen de Engelsman merkte niets van dit alles: hij was het grootste deel van de tijd verdiept in zijn boeken.

De eerste dagen van de reis had de jongen ook geprobeerd te lezen, maar hij vond het veel boeiender naar de karavaan te kijken en te luisteren naar de wind. Zodra hij zijn kameel beter had leren kennen en gesteld was geraakt op het dier, gooide hij het boek weg. Het was een overbodig gewicht, bovendien was er iedere keer als hij het opensloeg iets ingrijpends gebeurd, zodat hij in een verband begon te geloven.

Ten slotte sloot hij vriendschap met de kamelendrijver die altijd naast hem reed. 's Avonds bij het kampvuur vertelde hij hem zijn belevenissen als schaapherder.

Tijdens een van die gesprekken begon de kamelendrijver over zijn eigen leven te praten.

'Ik woonde in een gehucht in de buurt van El Cairum,' vertelde hij. 'Ik had een moestuin, kinderen en een leven dat tot aan mijn dood niet meer zou veranderen. Toen we een keer een uitzonderlijk goede oogst hadden, zijn we met z'n allen naar Mekka gegaan, en zo kwam ik de enige verplichting na die nog openstond. Ik kon in vrede heengaan en vond dat uitstekend.

Op zekere dag begon de aarde te beven en trad de Nijl buiten zijn oevers. Datgene waarvan ik dacht dat het alleen de anderen overkwam, overkwam ten slotte mijzelf. Mijn buren waren bang hun olijfbomen te verliezen bij de overstroming, mijn vrouw stond doodsangsten uit dat onze kinderen meegesleurd zouden worden door het water en ikzelf was bevreesd dat alles wat ik had opgebouwd vernield werd.

Maar er was niets aan te doen. Het land werd onbruikbaar en ik moest een andere broodwinning zoeken. Nu ben ik kameeldrijver. Maar toen begreep ik Allahs woord: laat niemand het onbekende vrezen, want iedereen kan alles wat hij wil en nodig heeft veroveren.

We zijn alleen bang om te verliezen wat we hebben, onze levens of onze gewassen. Maar die angst verdwijnt wanneer we inzien dat onze eigen geschiedenis en die van de wereld geschreven worden door dezelfde hand.'

*

Soms ontmoetten ze 's avonds een andere karavaan. Dan had de ene altijd wat de andere ontbeerde – alsof alles inderdaad geschreven was door één enkele hand. De kameeldrijvers wisselden informatie uit over stormen en schaarden zich rond de kampvuren, waar ze elkaar de verhalen uit de woestijn vertelden.

Andere keren kwamen er mysterieuze mannen met bedekte hoofden; dat waren bedoeïenen die de door de karavanen gevolgde route in de gaten hielden. Ze berichtten over overvallen en barbaarse stammen. Ze kwamen en gingen in stilte, in hun zwarte gewaden die alleen hun ogen vrijlieten.

Op een van die avonden kwam de kameeldrijver naar het kampvuur waar de jongen en de Engelsman zaten.

'Er gaan geruchten over stammenoorlogen,' zei hij.

Ze zwegen. De jongen merkte dat er angst in de lucht hing, ook al had niemand een woord gezegd. Voor de zoveelste keer werd hij de taal zonder woorden gewaar, de universele taal.

Na enige tijd vroeg de Engelsman of er gevaar was.

'Wie de woestijn in trekt kan niet terug,' zei de kamelendrijver. 'En als je niet terug kunt, moet je alleen denken aan de beste manier om vooruit te komen. De rest is voor rekening van Allah, met inbegrip van het gevaar.'

En tot slot sprak hij het mysterieuze woord: 'Maktub.'

'Je moet beter letten op de karavanen,' zei de jongen tegen de Engelsman, toen de kamelendrijver weg was. 'Ze maken veel rondjes, maar stevenen steeds op dezelfde plaats af.'

'En jij zou meer moeten lezen over de wereld,' antwoordde de Engelsman. 'Boeken zijn hetzelfde als karavanen.'

De enorme groep mensen en dieren begon meer vaart te maken. Niet alleen overdag was het nu stil, maar ook 's avonds, wanneer er normaal overal druk gepraat werd rond het vuur. Op zekere dag besloot de karavaanleider dat er ook geen vuren meer mochten worden ontstoken, om geen aandacht te trekken.

De reizigers zetten nu de dieren in een kring en sliepen in het midden, dicht op elkaar om zich te beschermen tegen de nachtelijke kou. De leider zette gewapende wachtposten uit rond de groep.

Tijdens een van die nachten kon de Engelsman niet slapen. Hij riep de jongen en ze gingen een eind wandelen door de duinen rond het kamp. Het was vollemaan en de jongen vertelde zijn hele levensverhaal aan de Engelsman.

Vooral de winkel fascineerde de Engelsman, het feit dat die zo goed was gaan lopen toen de jongen er begon te werken.

'Dat is het beginsel dat alles beweegt,' zei hij. 'In de alchemie heet dat de ziel van de wereld. Als je iets met heel je hart wenst, ben je dichter bij de ziel van de wereld. Dat is altijd een positieve kracht.'

Hij zei ook dat dat niet alleen een gave van de mens was: alles op aarde had een ziel, of het nu een mineraal was, een plant, een dier of gewoon een gedachte.

'Alles wat op aarde bestaat verandert voortdurend, want de

aarde leeft en heeft een ziel. Wij zijn een deel van die ziel en we weten maar zelden dat ze altijd in ons voordeel werkt. Maar je zult begrijpen dat in de kristalwinkel zelfs de glazen meewerkten aan jouw succes.'

De jongen bleef een tijdje stil naar de maan en het witte zand kijken.

'Ik heb de karavaan door de woestijn zien trekken,' zei hij ten slotte. 'Beide spreken dezelfde taal, en daarom staat de woestijn toe dat de karavaan erdoorheen trekt. Ze onderzoekt nauwkeurig of iedere stap is afgestemd op haarzelf, en als dat zo is, bereikt de karavaan de oase.

Als je hier zou komen zonder kennis van die taal, zou je de eerste dag al sterven, al ben je nog zo moedig.'

Ze keken nu beiden naar de maan.

'Dat is de magie van de tekens,' vervolgde de jongen. 'Ik heb gezien hoe de gidsen de tekens van de woestijn lezen en hoe de ziel van de karavaan praat met de ziel van de woestijn.'

Nu was het de beurt aan de Engelsman om iets te zeggen.

'Ik moet beter letten op de karavaan,' zei hij na een poos.

'En ik moet jouw boeken lezen,' sprak de jongen.

*

Het waren vreemde boeken. Ze spraken over kwik, zout, draken en koningen, maar hij begreep er niets van. Wel was er één gedachte die in alle boeken herhaaldelijk terugkwam: alle dingen waren uitingen van één enkel iets.

In een van de boeken ontdekte hij dat de belangrijkste tekst van de alchemie slechts een paar regels telde en geschreven was op een simpele smaragd.

'Dat is de tafel van smaragd,' zei de Engelsman, trots dat hij de jongen iets kon leren.

'En waarom dan al die boeken?'

'Om die paar regels te begrijpen,' antwoordde de Engelsman zonder erg overtuigd te zijn van zijn eigen antwoord.

Het boek dat de jongen het meest boeide, vertelde de geschiedenis van beroemde alchemisten, mannen die hun hele leven hadden gewijd aan het zuiveren van metaal in hun laboratoria. Ze geloofden dat als een metaal jaren achtereen verhit werd, het zich ten slotte zou bevrijden van al zijn individuele eigenschappen, en dat dan alleen de ziel van de wereld overbleef. Door dat ene konden de alchemisten alles op aarde begrijpen, want dat was de taal waarin de dingen communiceerden. Die ontdekking noemden zij het grote werk – dat uit een vloeibare en een vaste component bestond.

'Is het niet voldoende mensen en tekens te observeren om die taal te ontdekken?' vroeg de jongen.

'Waarom wil jij toch altijd alles zo simpel maken,' reageerde de Engelsman geïrriteerd. 'Alchemie is serieus werk. Iedere stap moet exact worden uitgevoerd zoals de meesters hebben voorgeschreven.'

De jongen ontdekte dat het vloeibare gedeelte van het grote werk levenselixer werd genoemd, dat het alle ziekten genas en dat het de alchemist vrijwaarde van ouderdom. En het vaste bestanddeel heette de steen der wijzen.

'Het is niet gemakkelijk de steen der wijzen te ontdekken,' zei de Engelsman. 'De alchemisten keken in hun laboratoria jaren achtereen naar het vuur dat de metalen zuiverde. Ze staarden zoveel in het vuur, dat hun hoofd geleidelijk alle wereldse ijdelheden verloor. En toen merkten ze op zekere dag dat de zuivering van de metalen uiteindelijk henzelf had gezuiverd.'

De jongen moest denken aan de kristalverkoper. Die had gezegd dat het goed was geweest zijn kristal te poetsen, want daardoor waren ze allebei hun kwade gedachten kwijtgeraakt. Hij was er steeds meer van overtuigd dat je alchemie heel goed zou kunnen leren in het gewone dagelijkse leven.

'Bovendien,' zei de Engelsman, 'heeft de steen der wijzen een fascinerende eigenschap. Een kleine splinter ervan is in staat grote hoeveelheden metaal in goud te veranderen.'

Na die woorden raakte de jongen helemaal in de ban van de

alchemie. Hij dacht dat hij met een beetje geduld alles in goud zou kunnen veranderen. Hij las over het leven van verschillende personen wie het gelukt was: Helvétius, Elias, Fulcanelli, Geber. Het waren stuk voor stuk fascinerende verhalen: allemaal leefden ze hun eigen legende tot het eind. Ze reisden, ontmoetten wijsgeren, verrichtten wonderen voor de ogen van ongelovigen, bezaten de steen der wijzen en het levenselixer.

Maar als hij wilde leren hoe hij het grote werk moest volbrengen, raakte hij het spoor volkomen bijster. Het waren slechts tekeningen, gecodeerde instructies, duistere teksten.

*

'Waarom praten ze zo moeilijk?' vroeg hij op een avond aan de Engelsman. Hij had ook gemerkt dat die zich verveelde en zijn boeken miste.

'Opdat alleen diegenen het begrijpen die de verantwoordelijkheid aankunnen,' zei hij. 'Stel je voor dat iedereen lood in goud zou gaan veranderen. Binnen de kortste keren zou het goud niets meer waard zijn.

Alleen de volhouders, zij die veel onderzoek doen, kunnen het grote werk volbrengen. Daarom zit ik hier in deze woestijn. Om een echte alchemist te ontmoeten, die mij kan helpen de codes te ontcijferen.'

'Wanneer zijn die boeken geschreven?' vroeg de jongen.

'Eeuwen geleden.'

'Toen was de boekdrukkunst nog niet uitgevonden,' bleef de jongen koppig aandringen. 'Het bestond gewoon niet dat iedereen kennis kreeg van de alchemie. Waarom dan toch die vreemde taal vol tekeningen?'

De Engelsman gaf geen antwoord. Hij zei alleen dat hij nu een paar dagen op de karavaan aan het letten was, maar niets nieuws kon ontdekken. Het enige wat hem was opgevallen, was dat er steeds meer over de oorlog werd gepraat.

*

Op zekere dag gaf de jongen de boeken terug aan de Engelsman. 'En, heb je veel geleerd?' vroeg de ander vol verwachting. Hij moest met iemand praten om zijn angst voor de oorlog te vergeten.

'Ik heb geleerd dat de wereld een ziel heeft, en dat wie die ziel begrijpt, de taal der dingen zal verstaan. Ik heb geleerd dat veel alchemisten hun eigen legende hebben geleefd en ten slotte de ziel van de wereld, de steen der wijzen en het levenselixer hebben ontdekt.

Maar vooral heb ik geleerd dat al die dingen zo eenvoudig zijn, dat ze op een smaragd geschreven kunnen worden.'

De Engelsman was teleurgesteld. De jaren studie, de magische symbolen, de moeilijke woorden, de laboratoriumapparaten, niets van dat alles had indruk gemaakt op de jongen. Hij zal wel te eenvoudig van geest zijn om dit te kunnen begrijpen, dacht hij.

Hij pakte zijn boeken en stopte ze in de tassen die aan de kameel hingen.

'Keer maar terug naar je karavaan,' zei hij. 'Daar heb ik ook niets van geleerd.'

De jongen observeerde opnieuw de stilte van de woestijn en het door de dieren opgeworpen zand. Iedereen heeft zijn eigen manier om te leren, herhaalde hij bij zichzelf. Zijn manier is de mijne niet en mijn manier is de zijne niet. Maar allebei zijn we op zoek naar onze eigen legende, en daarom respecteer ik hem.

*

De karavaan reisde nu dag en nacht door. Om de haverklap doken de bedoeïenen op en de kamelendrijver – die bevriend was geraakt met de jongen – legde uit dat de stammenoorlog losgebarsten was. Ze hadden veel geluk als ze de oase haalden.

De dieren waren uitgeput en de mensen werden steeds stiller.

’s Nachts was de stilte het ergst, wanneer het simpele briesen van een kameel – dat een paar dagen eerder nog niet méér was geweest dan het briesen van een kameel – iedereen deed verstijven omdat het het sein voor een aanval kon zijn.

De kamelendrijver leek zich echter niet veel aan te trekken van de oorlogsdreiging.

‘Ik leef,’ zei hij tegen de jongen, terwijl hij een bord dadels zat te eten in het donker van een vuur- en maanloze avond. ‘Als ik eet, eet ik en verder niets. Als ik loop, loop ik alleen maar. Als ik moet vechten zal dat net zo’n goede dag zijn om te sterven als iedere andere dag.

Dat komt doordat ik niet in het verleden en niet in de toekomst leef. Ik heb alleen het heden, en alleen dat interesseert mij. Als het jou lukt je altijd tot het heden te beperken, zul je een gelukkig mens worden. Je zult inzien dat er leven bestaat in de woestijn, dat de hemel sterren heeft en dat de krijgers vechten omdat dat deel uitmaakt van het menselijk geslacht. Dan zal het leven één groot feest zijn, omdat je altijd uitsluitend het moment beleeft.’

Twee avonden later, toen hij zich opmaakte om te gaan slapen, keek de jongen naar de ster die ze ’s nachts volgden. Hij vond dat de horizon wat lager was, omdat er honderden sterren boven de woestijn stonden.

‘Dat is de oase,’ zei de kamelendrijver.

‘En waarom gaan we er niet meteen heen?’

‘Omdat we moeten slapen.’

*

De jongen deed zijn ogen open toen de zon begon op te komen aan de einder. Daar waar de hele nacht sterren hadden geschenen, strekte zich nu een eindeloze rij dadelpalmen uit, die heel de woestijn vóór hem bedekte.

‘We hebben het gehaald!’ zei de Engelsman, die eveneens wakker was geworden.

Maar de jongen hield zijn mond. Hij had de stilte van de woestijn overgenomen en stelde zich tevreden met het kijken naar de palmen voor hem. Hij had nog een flink eind te gaan voor hij bij de piramiden was, en ooit zou deze morgen niet meer dan een herinnering zijn. Maar nu was dat het heden, het feest waarover de kamelendrijver had gesproken, en hij probeerde het te beleven met de lessen uit zijn verleden en de dromen van zijn toekomst. Ooit zou dat beeld van duizenden palmbomen louter een herinnering zijn. Maar op dit moment betekende het voor hem schaduw, water en een toevluchtsoord voor de oorlog. Net zoals het briesen van een kameel kon duiden op gevaar, kon een rij dadelpalmen een wonder betekenen.

De wereld spreekt vele talen, dacht de jongen.

*

Wanneer de tijd vliegt, jagen de karavanen ook, dacht de alchemist, toen hij honderden mensen en dieren de oase binnen zag komen. Iedereen riep naar de nieuwkomers, stofwolken verduisterden de zon en de kinderen huppelden en sprongen van opwinding bij het zien van de vreemdelingen. De alchemist zag de stamhoofden naar de karavaanleider lopen en lang met hem praten.

Maar niets van dat alles interesseerde de alchemist. Hij had al heel wat volk zien komen en gaan terwijl de oase en de woestijn steeds hetzelfde bleven. Hij had koningen en bedelaars over dat zand zien lopen, dat steeds van vorm veranderde vanwege de wind, maar dat hij al van kindsbeen af kende. Desondanks kon hij diep in zijn hart niet het gevoel van blijdschap onderdrukken dat iedere reiziger ervoer wanneer na zo lang alleen maar geel zand en blauwe lucht het groen van de dadelpalmen voor zijn ogen oprees. Misschien heeft God de woestijn geschapen om de mens te laten glimlachen bij de aanblik van palmbomen, dacht hij.

Daarna concentreerde hij zich op praktischer zaken. Hij wist dat bij die karavaan de man zat die hij moest inwijden in een deel van zijn geheimen. Dat hadden de tekens hem verteld. Hij wist niet wie het was, maar zijn ervaren ogen zouden hem er meteen uit halen. Hij hoopte dat het net zo'n kundig iemand was als zijn vorige leerling.

Ik weet eigenlijk niet waarom die dingen mondeling moeten worden overgedragen, dacht hij. Het was niet echt omdat het geheime dingen waren; God onthulde zijn geheimen gul aan alle schepsels.

Hij kon maar één verklaring bedenken: de dingen moesten zo worden doorgegeven omdat ze gemaakt waren van zuiver leven, en dat soort leven laat zich moeilijk vangen in schilderijen of woorden.

Want de mensen staren zich blind op schilderijen en woorden, en vergeten op den duur de taal van de wereld.

*

De nieuwkomers werden onmiddellijk naar de stamhoofden van Al-Fayoum gebracht. De jongen kon zijn ogen niet geloven: in tegenstelling tot een put met een paar palmbomen eromheen – zoals hij ooit had gelezen in een geschiedenisboek – was de oase stukken groter dan veel dorpen in Spanje. Ze telde driehonderd putten, vijftigduizend dadelpalmen en daartussenin talloze gekleurde tenten.

'Net duizend-en-een-nacht,' zei de Engelsman, popelend om de alchemist te ontmoeten.

Ze werden meteen omringd door kinderen, die nieuwsgierig keken naar de dieren, kamelen en mensen die de oase binnenkwamen. De mannen wilden weten of ze ergens hadden zien vechten en de vrouwen ruzieden om de stoffen en edelstenen die de kooplui bij zich hadden. De stilte van de woestijn leek een verre droom; de mensen praatten, lachten en schreeuwden onophoudelijk, alsof ze uit een spirituele wereld waren gekomen en nu eindelijk weer onder de mensen verkeerden. Ze waren blij en gelukkig.

Ondanks de voorzorgsmaatregelen van de vorige dag vertelde de kamelendrijver dat oases als neutraal gebied beschouwd werden, omdat er hoofdzakelijk vrouwen en kinderen woonden. En beide zijden hadden een oase, zodat de krijgers elkaar bestreden in het zand van de woestijn en de oases met rust lieten.

De karavaanleider verzamelde met enige moeite iedereen om zich heen en begon instructies te geven. Ze zouden hier blijven tot de stammenoorlog afgelopen was. Aangezien ze gasten waren, zouden ze de tenten delen met de oasebewoners, die hun de beste plekjes gaven. Dat gebood de wet. Daarna verzocht hij allen, ook zijn eigen lijfwacht, hun wapens in te leveren bij de door de stamhoofden aangewezen mannen.

'Dat zijn de regels van de oorlog,' legde de karavaanleider uit. 'Zo kunnen de oases geen legers of krijgers verborgen houden.'

Tot verbazing van de jongen haalde de Engelsman een verchroomde revolver uit zijn jas en gaf die aan de man die de wapens inzamelde.

'Waarom een revolver?' vroeg hij.

'Om mensen te leren vertrouwen,' antwoordde de Engelsman. Hij was blij dat hij aan het eind van zijn zoektocht was gekomen.

De jongen echter dacht aan zijn schat. Hoe dichter hij bij zijn droom kwam, hoe moeilijker alles werd. Wat de oude koning 'beginnersgeluk' had genoemd, werkte niet meer. Wat wel werkte, wist hij, was de test van de hardnekkigheid en moed van degene die zijn eigen legende zoekt. Daarom mocht hij niet overhaast te werk gaan of zijn geduld verliezen. Als hij dat deed, zou hij de tekens die God op zijn weg had gelegd nooit zien.

Die God op mijn weg heeft gelegd, dacht de jongen verbaasd over zichzelf. Tot dan toe had hij de tekens beschouwd als iets werelds. Iets als eten of slapen, een geliefde zoeken of een baan vinden. Het was nooit bij hem opgekomen dat het een taal was die God gebruikte om hem te laten zien wat hij moest doen.

Niet ongeduldig worden, herhaalde de jongen tegen zichzelf. Zoals de kamelendrijver zei: eten moet je als het tijd is om te eten. En lopen als het tijd is om te lopen.

De eerste dag sliep iedereen van vermoeidheid, ook de Engelsman. De jongen was een eind verderop terechtgekomen, in een tent met vijf jongens van ongeveer zijn leeftijd. Het waren echte woestijnbewoners en ze wilden verhalen horen uit de grote stad.

De jongen vertelde over zijn leven als herder en hij wilde net over zijn belevenissen in de kristalzaak beginnen, toen de Engelsman de tent binnenkwam.

'Ik heb je de hele morgen gezocht,' zei hij, terwijl hij hem mee naar buiten nam. 'Je moet me helpen uit te vinden waar de alchemist woont.'

Eerst probeerden ze het op eigen houtje. Een alchemist zou wel anders leven dan de andere oasebewoners, en het was zeer waarschijnlijk dat er in zijn tent altijd een oven brandde. Ze liepen behoorlijk wat af, tot ze moesten toegeven dat de oase veel groter was dan ze hadden gedacht, en vele honderden tenten telde.

'We hebben bijna een hele dag verloren,' zei de Engelsman, terwijl hij samen met de jongen vlak bij een van de putten van de oase ging zitten.

'Misschien kunnen we het beter aan iemand vragen,' zei de jongen.

De Engelsman wilde eigenlijk niemand vertellen dat hij in de oase was en aarzelde. Maar ten slotte ging hij toch akkoord en vroeg de jongen om het te doen, want hij sprak beter Arabisch. De jongen liep naar een vrouw die bij de waterput een schapenleren zak aan het vullen was.

'Goedemiddag, mevrouw. Kunt u mij misschien zeggen waar hier in deze oase een alchemist woont?' vroeg de jongen.

De vrouw zei dat ze daar nog nooit van gehoord had en liep weg. Maar eerst waarschuwde ze de jongen nog dat hij geen vrouwen in het zwart mocht aanspreken, want dat waren getrouwde vrouwen. Hij moest de traditie respecteren.

De Engelsman was vreselijk teleurgesteld. Hij had de hele reis dus voor niets gemaakt. Ook de jongen werd triest; zijn metgezel was net als hij op zoek naar zijn eigen legende. En als iemand dat doet, zweert het hele universum samen om die iemand te laten bereiken wat hij wil, had de oude koning gezegd. Hij kon zich niet vergist hebben.

'Ik had nog nooit van alchemisten gehoord,' zei de jongen. 'Anders zou ik je proberen te helpen.'

Er glinsterde iets in de ogen van de Engelsman. 'Dat is het! Misschien weet niemand hier wat een alchemist is! Vraag naar de man die alle zieken in het dorp geneest!'

Er kwamen verschillende in het zwart geklede vrouwen water halen bij de put, maar de jongen sprak hen niet aan, hoezeer de Engelsman ook aandrong. Totdat er een man naderde.

'Kent u iemand die de zieken van het dorp geneest?' vroeg de jongen.

'Allah geneest alle zieken,' zei de man, die duidelijk bang was voor de vreemdelingen. 'Jullie zijn op zoek naar heksen.'

En na een paar verzen uit de koran te hebben gezegd liep hij door.

Er kwam een andere man aan. Deze was ouder en had alleen een klein emmertje bij zich. De jongen herhaalde zijn vraag.

'Waarom willen jullie zo iemand leren kennen?' antwoordde de Arabier met een wedervraag.

'Omdat mijn vriend maandenlang gereisd heeft om hem te ontmoeten,' zei de jongen.

'Als er zo iemand bestaat in de oase, moet hij zeer machtig zijn,' zei de oude man, na eventjes te hebben nagedacht. 'Zelfs de stamhoofden zouden hem niet kunnen spreken als ze hem nodig hadden. Alleen als hij het zelf zou willen. Wacht het einde van de oorlog af en vertrek dan met de karavaan. Probeer niet binnen te dringen in het leven in de oase,' besloot hij en wandelde weg.

Maar de Engelsman juichte. Ze waren op het goede spoor.

Ten slotte daagde er een meisje op dat niet in het zwart gekleed was. Ze droeg een kruik op haar schouder en had een sluier om haar hoofd, maar haar gezicht was onbedekt. De jongen stond op om haar te vragen naar de alchemist.

Op hetzelfde moment was het alsof de tijd stilstond en de ziel van de wereld zich met geweld openbaarde aan de jongen. Toen hij haar zwarte ogen zag, haar lippen die aarzelden tussen een glimlach en stilte, begreep hij het belangrijkste en meest wijze deel van de taal die de wereld sprak en die alle mensen van de wereld in hun hart konden verstaan. En dat deel heette liefde, een gevoel dat ouder was dan de mensen en de woestijn, en dat desondanks altijd weer met onveranderlijke kracht de kop opstak waar twee blikken elkaar kruisten, zoals die twee daar bij de waterput. Haar lippen besloten ten slotte te glimlachen, en dat was een teken, het teken waarop hij zonder het te weten zo lang gewacht had, dat hij had gezocht bij de schapen en in de boeken, in het kristal en de stilte van de woestijn.

Daar was de zuivere taal van de wereld, zonder enige uitleg, want het heelal had geen uitleg nodig om zijn weg door de eindeloze ruimte voort te zetten. Alles wat de jongen op dat moment begreep, was dat hij tegenover de vrouw van zijn leven stond, en voor haar zou ongetwijfeld hetzelfde gelden. Hij wist dit zekerder dan wat ook ter wereld, ook al hadden zijn ouders en de ouders van zijn ouders altijd gezegd dat je elkaar eerst goed moest leren kennen en genoeg geld bij elkaar moest sparen voor je ging trouwen. Wie zoiets zei had waarschijnlijk nooit kennisgemaakt met de universele taal, want als je je daarin verdiept, begrijp je algauw dat er op iedereen iemand wacht, waar ook ter wereld, midden in de woestijn of in een grote stad. En wanneer die twee mensen elkaar tegenkomen en hun blikken elkaar kruisen, verliezen verleden en toekomst ieder belang en bestaan alleen dat ene moment en die onvoorstelbare zekerheid dat alles onder de zon geschreven is door dezelfde hand. De hand die de liefde wekt en die een tweelingziel heeft gemaakt voor iedereen die werkt, uitrust en schatten zoekt onder de zon. Want zonder liefde zouden de dromen van de mensheid geen enkele zin hebben.

Maktub, dacht de jongen.

De Engelsman stond op en stootte de jongen aan.

'Kom op, vraag het haar!'

De jongen liep naar het meisje toe. Zij lachte weer. Hij glimlachte ook.

'Hoe heet je?' vroeg hij.

'Fatima,' zei het meisje met neergeslagen ogen.

'Waar ik vandaan kom zijn er ook vrouwen die zo heten.'

'Het is de naam van de dochter van de Profeet,' zei Fatima. 'Hij is waarschijnlijk met de krijgers bij jullie gekomen.'

Het bevallige meisje sprak vol trots over krijgers. Naast hem bleef de Engelsman echter aandringen en dus vroeg de jongen naar de man die alle zieken genas.

'Het is een man die de geheimen van de wereld kent. Hij praat met de djinns uit de woestijn,' zei ze.

De djinns waren de demonen. En het meisje wees naar het zuiden, naar de plaats waar die vreemde man woonde.

Vervolgens vulde ze haar kruik en liep weg. De Engelsman verdween ook, op zoek naar de alchemist. En de jongen bleef lange tijd op de rand van de put zitten, en hij begreep dat de levant ooit het parfum van dat meisje in zijn gezicht gewaaid had, en dat hij haar al had liefgehad nog voor hij van haar bestaan wist, en dat hij door zijn liefde voor haar alle schatten van de wereld zou vinden.

*

De volgende dag keerde de jongen terug naar de put om te wachten op het meisje. Tot zijn stomme verbazing trof hij daar de Engelsman aan, die voor het eerst naar de woestijn keek.

'Ik heb de hele middag en avond gewacht,' zei de Engelsman. 'Hij kwam samen met de eerste sterren. Ik vertelde hem wat ik zocht. Toen vroeg hij mij of ik al lood in goud had veranderd. Ik zei dat ik dat juist wilde leren. Hij droeg me op het te proberen. Dat was alles wat hij zei: probeer het.'

De jongen bleef stil. De Engelsman had zoveel gereisd om te

horen wat hij al wist. Toen schoot hem te binnen dat hij de oude koning zes schapen had gegeven om dezelfde reden.

'Dus moet je het gaan proberen,' zei hij tegen de Engelsman.

'Dat ga ik ook doen. Ik begin nu meteen.'

Kort nadat de Engelsman weg was, kwam Fatima water halen met haar kruik.

'Ik wou je iets heel simpels zeggen,' zei de jongen. 'Ik wil dat je mijn vrouw wordt. Ik hou van je.'

Het meisje morste water uit haar kruik.

'Ik zal iedere dag hier op je wachten. Ik ben door de woestijn getrokken op zoek naar een schat die bij de piramiden ligt. De oorlog was voor mij een vloek. Nu is die een zegen, omdat ik daardoor bij jou kan zijn.'

'De oorlog houdt ooit op,' zei het meisje.

De jongen keek naar de palmbomen van de oase. Hij was herder geweest. En hier waren veel schapen. Fatima was belangrijker dan de schat.

'Krijgers zoeken hun schatten,' zei het meisje, alsof ze de gedachten van de jongen raadde. 'En de vrouwen uit de woestijn zijn trots op hun krijgers.'

Daarna vulde ze haar kruik bij en liep weg.

Iedere dag ging de jongen naar de put om op Fatima te wachten. Hij vertelde haar over zijn leven als herder, over de koning, de kristalzaak. Ze werden vrienden en met uitzondering van het kwartiertje dat hij met haar doorbracht, duurden de dagen eindeloos lang. Toen hij al bijna een maand in de oase zat, riep de karavaanleider alle reizigers bijeen voor een vergadering.

'We weten niet wanneer de oorlog zal eindigen en kunnen niet verder reizen,' zei hij. 'De gevechten zullen waarschijnlijk zeer lang duren, misschien wel jaren. Beide kampen beschikken over sterke, dappere krijgers en beide legers kennen gevechtseer.

Het is geen oorlog tussen goeden en slechten. Het is een oorlog tussen krachten die om dezelfde macht vechten, en als dat soort strijd begint, duurt het langer dan in andere gevallen – want Allah is aan beide zijden.'

De mensen verspreidden zich. De jongen ontmoette die middag Fatima weer en vertelde over de vergadering.

'De tweede dag dat we elkaar ontmoetten,' zei Fatima, 'sprak je mij over je liefde. Daarna leerde je mij mooie dingen, zoals de taal en de ziel van de wereld. Door dat alles word ik geleidelijk deel van jou.'

De jongen hoorde haar stem en vond die mooier dan het ruisen van de wind door de palmbladeren.

'Langgeleden heb ik hier bij deze put op jou gewacht. Ik kan mij mijn verleden niet herinneren, de traditie, de manier waarop mannen verwachten dat woestijnvrouwen zich gedragen. Van kinds af heb ik gedroomd dat de woestijn mij het grootste geschenk van mijn leven zou brengen. Dat geschenk is eindelijk gekomen, en dat ben jij.'

De jongen wilde haar hand pakken, maar Fatima hield de oren van de kruik vast.

'Je hebt mij verteld over je dromen, de oude koning en de schat. Je hebt me verteld over de tekens. En dus ben ik nergens bang voor, want het waren die tekens die mij jou hebben gebracht. En ik ben een deel van jouw droom, van jouw eigen legende, zoals jij het noemt.

Daarom wil ik dat je doorgaat met zoeken. Als je het einde van de oorlog moet afwachten, dan prima. Maar als je eerder weg moet, ga dan naar je legende. De duinen veranderen met de wind, maar de woestijn blijft hetzelfde. Zo zal het ook zijn met onze liefde.

Maktub. Als ik een deel ben van je legende, zul je ooit terugkomen.'

De jongen ging bedroefd weg van die ontmoeting met Fatima. Hij moest denken aan een hoop mensen die hij had gekend. Getrouwde herders hadden er altijd veel moeite mee gehad hun vrouw ervan te overtuigen dat ze door de velden moesten trekken. De liefde eiste immers dat je bij je geliefde bleef.

'S Anderendaags vertelde hij dat aan Fatima.

'De woestijn neemt onze mannen mee en brengt ze niet altijd terug,' zei ze. 'Wij zijn daar dus aan gewend. En we zien hen in de wolken zonder regen, in de dieren die zich verbergen tussen de stenen, in het water dat gul uit de aarde vloeit. Ze worden deel van alles, worden de ziel van de wereld.

Sommigen keren terug. En dan zijn alle andere vrouwen blij, want de mannen op wie zij wachten kunnen ook ooit terugkomen. Vroeger was ik jaloers op die vrouwen als ik hun geluk zag. Nu heb ik ook iemand om op te wachten.

Ik ben een woestijnvrouw en daar ben ik trots op. Ik wil dat mijn man net zo vrij is als de wind die de duinen verplaatst. Ik wil ook mijn man in de wolken, de dieren en het water kunnen zien.'

De jongen zocht de Engelsman op, omdat hij hem over Fatima wilde vertellen. Tot zijn verbazing zag hij dat de Engelsman een klein oventje naast zijn tent had gebouwd. Het was een vreemde oven, met bovenop een doorzichtige kolf. De Engelsman legde meer hout op het vuur en keek naar de woestijn. Zijn ogen leken levendiger dan toen hij alleen maar had gelezen.

'Dit is de eerste fase van het werk,' zei hij. 'Ik moet de ruwe zwavel afscheiden. Daarvoor mag ik niet bang zijn om te falen, want juist die angst heeft mij tot nu toe belet me op het grote werk te storten. Nu pas begin ik waaraan ik tien jaar geleden had kunnen beginnen. Maar ik ben blij dat ik geen twintig jaar heb gewacht.'

En hij stookte het vuur verder op en staarde naar de woestijn. De jongen bleef bij hem zitten tot de woestijn roze werd van de schemering. Toen voelde hij een enorme drang om de woestijn in te lopen, om te zien of de stilte zijn vragen kon beantwoorden.

Een tijdlang dwaalde hij doelloos rond, alleen oppassend dat hij de palmbomen van de oase niet uit het oog verloor. Hij luisterde naar de wind en voelde de stenen onder zijn voeten. Soms vond hij een schelp, en hij wist dat die woestijn in een ver verleden een grote zee was geweest. Daarna ging hij op een steen zitten en liet zich hypnotiseren door de horizon voor hem. Liefde zonder bezitsgevoel kon hij niet begrijpen, hoezeer hij ook zijn best deed; maar Fatima was een woestijnvrouw, en als iemand het hem kon leren, was het wel de woestijn.

Zo bleef hij gedachteloos zitten tot hij merkte dat er boven hem iets bewoog. Hij keek omhoog en zag dat het twee sperwers waren.

De jongen keek naar de tekeningen die ze maakten in de lucht. Het leek een ongeordend geheel, maar er zat toch een patroon in, vond hij. Alleen kon hij de betekenis niet achterhalen. Misschien zou hij er iets uit kunnen opmaken als hij langer bleef kijken. Misschien kon de woestijn hem uitleggen wat bezitloze liefde was.

Zijn ogen werden zwaar van de slaap en zijn hart smeekte hem nu niet te slapen, maar zich over te geven. Het zei hem ook dat hij tot de taal van de wereld aan het doordringen was, dat alles op aarde een betekenis had, zelfs de vlucht van sperwers. En het maakte van de gelegenheid gebruik om dank te zeggen voor het feit dat het vervuld was van liefde voor een vrouw. Als je van iemand houdt, heeft alles nog meer zin, dacht hij.

Ineens maakte een van de sperwers een snelle duikvlucht en viel de andere aan. Op hetzelfde moment kreeg de jongen in een flits een visioen: een leger dat met getrokken zwaarden de oase binnenviel. Het visioen verdween onmiddellijk weer, maar hij was verstijfd van schrik. Hij had gehoord van fata morgana's en hij had er ook zelf al een paar gezien: dat waren wensdromen die tastbaar werden boven het zand van de woestijn. Alleen wilde hij helemaal niet dat er een leger de oase binnenviel!

Hij wilde het vergeten en terugkeren tot zijn meditatie. Opnieuw probeerde hij zich te concentreren op de roze woestijn en de rotsen. Maar iets in zijn hart liet hem niet met rust.

'Volg altijd de tekens,' had de oude koning gezegd. En de jongen dacht aan Fatima. Hij dacht weer aan wat hij had gezien en kreeg een voorgevoel dat dat spoedig zou gebeuren.

Moeizaam maakte hij zich los uit de trance waarin hij was geraakt. Hij stond op en begon de kant van de palmbomen uit te lopen. Voor de zoveelste keer besefte hij hoeveel talen de dingen spraken: dit keer was de woestijn veilig en was de oase veranderd in gevaar.

De kamelendrijver zat met zijn rug tegen een palm en keek eveneens naar de zonsondergang. Hij zag de jongen toen hij achter een van de duinen uit kwam.

'Er nadert een leger,' zei die. 'Ik heb een visioen gehad.'

'De woestijn vult het hart van de mensen met visioenen,' antwoordde de kamelendrijver.

Maar de jongen vertelde hem van de sperwers: hij was naar hun vlucht aan het kijken toen hij ineens in de ziel van de wereld gedoken was.

De kamelendrijver bleef stil; hij begreep waarover de jongen het had. Hij wist dat ieder ding op aarde de geschiedenis van alle dingen kan vertellen. Als je een boek op een willekeurige bladzijde opensloeg, of naar andermans handen keek, of naar speelkaarten of de vlucht van de vogels of wat dan ook, zou je een verband zien met de dingen die je meemaakte. Of eigenlijk lag het niet aan de dingen, want die lieten niets zien; nee, het waren de mensen, die door naar de dingen te kijken de manier ontdekten om door te dringen tot de ziel van de wereld.

In de woestijn wemelde het van de mensen die hun brood verdienden doordat ze gemakkelijk konden doordringen tot de ziel van de wereld. Ze stonden bekend als waarzeggers en werden gevreesd door vrouwen en oude mensen. De krijgers raadpleegden hen maar zelden, want je kon onmogelijk een veldslag beginnen als je wist wanneer je ging sterven. De krijgers verkozen de smaak van de strijd en de sensatie van het onbekende; de toekomst was geschreven door Allah, en wat hij ook geschreven had, het was altijd voor het heil van de mens. Dus leefden de krijgers uitsluitend in het heden, want het heden zat vol verrassingen en ze moesten op talloze dingen letten: waar het zwaard van de vijand was, hoe zijn paard stond, wat voor slag hij moest uitdelen om zijn leven te redden.

De kamelendrijver was geen krijger en hij had al verschillende waarzeggers geraadpleegd. Velen hadden ware dingen gezegd, enkelen dingen die niet klopten. Totdat een van hen, de oudste (en meest gevreesde), vroeg waarom hij toch zo nodig zijn toekomst moest weten.

'Om op tijd te kunnen veranderen wat ik liever niet zou zien gebeuren,' antwoordde de kamelendrijver.

'Dan is het jouw toekomst niet meer,' antwoordde de waarzegger.

'Misschien wil ik dan mijn toekomst weten om me voor te bereiden op de dingen die komen gaan.'

'Als het goede dingen zijn, is het wachten erop alleen maar prettig,' zei de waarzegger. 'Maar als het nare dingen zijn, zul je een hoop aflijden voor ze gebeuren.'

'Ik wil de toekomst weten omdat ik een mens ben,' zei de kamelendrijver tegen de waarzegger. 'En mensen leven gericht op hun toekomst.'

De waarzegger bleef enige tijd stil. Hij hanteerde de stokjesmethode, leidde alles af uit de ligging van een aantal stokjes dat hij op de grond had laten vallen. Die dag deed hij dat echter niet. Hij wikkelde de stokjes in een doek en stak ze in zijn zak.

'Ik verdien de kost met het voorspellen van de toekomst,' zei hij. 'Ik ken de wetenschap van de stokjes en weet hoe ik die moet gebruiken om binnen te dringen in de ruimte waar alles geschreven staat. Daar kan ik het verleden lezen, ontdekken wat reeds vergeten is en de tekens van het heden begrijpen.

Wanneer de mensen mij raadplegen, léés ik hun toekomst niet, ik ráád hun toekomst. Want de toekomst behoort aan God, en hij openbaart die alleen in uitzonderlijke omstandigheden. En hoe lukt het mij de toekomst te raden? Door de tekens uit het heden. Het geheim ligt in het heden; als u aandacht besteedt aan het heden, zult u dat kunnen verbeteren. En als u het heden verbetert, zal wat daarna gebeurt ook beter worden. Vergeet de toekomst en leef iedere dag van uw leven met inachtneming van wat de wet voorschrijft en in het vertrouwen dat God zorgt voor zijn kinderen. Iedere dag bergt de eeuwigheid in zich.'

De kamelendrijver wilde weten wat de omstandigheden waren waaronder God het toestond de toekomst te zien. 'Als hij dat zelf kenbaar maakt. Maar God laat de toekomst zelden zien en slechts om één enkele reden: wanneer het gaat om een toekomst die bestemd is om veranderd te worden.'

God had de jongen de toekomst laten zien, dacht de kamelendrijver. Omdat hij wilde dat de jongen zijn instrument was.

'Ga naar de stamhoofden,' zei hij, 'en vertel hun over de krijgers die naderen.'

'Ze zullen me uitlachen.'

'Het zijn woestijnmensen en woestijnmensen zijn gewend aan tekens.'

'Dan weten ze het waarschijnlijk al.'

'Ze maken er zich geen zorgen over. Ze geloven dat als Allah hun iets wil laten weten, iemand hun dat zal vertellen. Dat is al vaak gebeurd. En vandaag ben jij die iemand.'

De jongen dacht aan Fatima. En besloot naar de stamhoofden te gaan.

*

'Ik breng tekens uit de woestijn,' zei hij tegen de wachtpost die voor de enorme witte tent in het midden van de oase stond. 'Ik wil de hoofden spreken.'

De wachtpost zei niets. Hij liep naar binnen en bleef lange tijd weg. Toen kwam hij terug met een in wit-met-goudkleurige kledij gehulde jongeman. Die verzocht hem nog even te wachten en liep weer naar binnen.

De avond viel. Verschillende Arabieren en kooplieden liepen in en uit. Geleidelijk doofden alle vuren en de oase werd zo stil als de woestijn. Alleen het licht in de grote tent bleef branden.

Gedurende heel die tijd dacht de jongen aan Fatima, nog steeds zonder iets van hun gesprek van die middag te begrijpen.

Ten slotte, na vele uren wachten, gebood de wachtpost de jongen naar binnen te gaan.

Hij was totaal verbluft door wat hij toen zag. Nooit had hij zich kunnen voorstellen dat er midden in de woestijn zo'n tent bestond. Op de grond lagen de mooiste tapijten waar hij ooit op had gelopen, en aan het dak hingen lusters van bewerkt geel koper vol brandende kaarsen. De stamhoofden zaten in een halve cirkel achter in de tent, hun armen en benen rustend op rijk bestikte zijden kussens. Bedienden liepen af en aan met zilveren dienbladen vol kruidige gerechten en thee. Een paar waren belast met het brandend houden van de nargilehs. Een lichte rookgeur vulde de ruimte.

Er waren acht hoofden, maar de jongen zag onmiddellijk wie de belangrijkste was: een in wit met goud geklede Arabier in het midden van de halve cirkel. Naast hem zat de jonge Arabier met wie hij eerder had gesproken.

'Wie is de vreemdeling die gewaagt van tekens?' vroeg een van de hoofden, terwijl hij hem aankeek.

'Ik,' antwoordde hij en vertelde wat hij gezien had.

'En waarom zou de woestijn dat aan een vreemdeling vertellen, terwijl ze weet dat wij al verscheidene generaties hier zijn?' vroeg een ander stamhoofd.

'Omdat mijn ogen nog niet gewend zijn aan de woestijn,' antwoordde de jongen, 'en ik dingen kan zien die te zeer gewende ogen niet meer zien.' En omdat ik weet heb van de ziel van de wereld, dacht hij bij zichzelf. Maar hij zei niets, want Arabieren geloven niet in dat soort zaken.

'De oase is neutraal terrein. Niemand valt een oase aan,' zei een derde hoofd.

'Ik vertel alleen maar wat ik gezien heb. Als u het niet wilt geloven, doet u niets.'

Er viel een doodse stilte in de tent, gevolgd door een opgewonden discussie tussen de stamhoofden. Ze spraken een Arabisch dialect dat de jongen niet verstond, maar toen hij aanstalten maakte om te gaan, gebood een wachtpost hem te blijven. De jongen begon bang te worden; de tekens zeiden dat er iets mis was. Hij betreurde het dat hij er met de kamelendrijver over gesproken had.

Plotseling glimlachte de oude man in het midden, nauwelijks merkbaar, en de jongen werd rustig. De oude man had zich niet in de discussie gemengd, hij had tot dan toe zelfs geen woord gezegd, maar de jongen was al gewend aan de taal van de wereld en voelde een vredestrilling door de tent trekken. Zijn intuïtie zei hem dat hij er goed aan had gedaan hierheen te komen.

De discussie verstomde. Ze bleven een poos zwijgend naar de oude man luisteren. Toen richtte die zich tot de jongen; dit keer stond zijn gezicht kil en afstandelijk.

'Tweeduizend jaar geleden werd in een land hier ver vandaan een man die in dromen geloofde in een put gegooid en als slaaf verkocht,' zei de oude man. 'Onze kooplieden kochten hem en brachten hem naar Egypte. En zoals iedereen weet kan iemand die in dromen gelooft, ook dromen uitleggen.'

Maar niet altijd verwezenlijken, dacht de jongen, die zich de oude zigeunerin herinnerde.

'Door de dromen van de farao over magere en vette koeien bevrijdde die man Egypte van de honger. Hij heette Jozef, was ook een vreemdeling, net als jij, en zal min of meer van jouw leeftijd zijn geweest.'

De stilte hield aan. De ogen van de oude man bleven koud.

'Wij hebben altijd de traditie gevolgd. De traditie redde Egypte toen van de honger en maakte het tot het rijkste land ter wereld. De traditie leert de mens hoe hij de woestijn door moet en hoe hij zijn dochters moet uithuwelijken. De traditie zegt dat een oase neutraal terrein is, omdat beide zijden een oase hebben en daar even kwetsbaar zijn.'

Niemand sprak zolang de oude man aan het woord was.

'Maar de traditie zegt ook dat wij moeten geloven in de boodschappen van de woestijn. Alles wat we weten, weten we van de woestijn.'

De oude man gaf een teken, waarop alle Arabieren opstonden. De vergadering was bijna afgelopen. De pijpen werden uitgemaakt en de wachters sprongen in de houding. De jongen maakte zich op om te gaan, maar de oude man nam opnieuw het woord: 'Morgen zullen wij een akkoord schenden dat zegt dat niemand in een oase een geweer mag dragen. De hele dag zullen wij de vijand in de gaten houden. Wanneer de zon aan de kim verdwijnt, geven de mannen mij hun wapens terug. Voor elke tien dode vijanden krijg jij een gouden munt.

Nu mogen de geweren echter niet van hun plaats af zonder het gevecht te smaken. Ze zijn net zo grillig als de woestijn, en als we ze eraan wennen, zijn ze de volgende keer misschien te lui om te vuren. Als morgen geen van onze geweren gebruikt wordt, zal er 's avonds ten minste één worden gebruikt: tegen jou.'

*

De oase werd alleen verlicht door de vollemaan toen de jongen wegging. Het was twintig minuten lopen naar zijn tent en hij begaf zich langzaam op weg.

Hij was geschrokken van alles wat er gebeurd was. Hij was in de ziel van de wereld gedoken en de prijs voor zijn geloof daarin was zijn leven. Hoog spel. Maar hij had hoog gespeeld vanaf de dag dat hij zijn schapen had verkocht om zijn eigen legende te kunnen volgen. En zoals de kamelendrijver zei, je kon net zo goed morgen sterven als welke andere dag ook. Iedere dag was gemaakt om geleefd te worden of om de wereld te verlaten. Alles hing slechts af van één woord: 'Maktub'.

Hij liep zwijgend voort. Spijt had hij niet. Als hij morgen stierf, was dat omdat God geen zin had de toekomst te veranderen. Maar hij zou sterven nadat hij de Straat van Gibraltar was overgestoken, in een kristalzaak had gewerkt en de stilte van de woestijn en de ogen van Fatima had leren kennen. Hij had intens geleefd vanaf de dag dat hij van huis was weggegaan, nu al zo lang geleden. Als hij morgen stierf, zouden zijn ogen meer gezien hebben dan de ogen van de andere herders, en daar was hij trots op.

Ineens hoorde hij een knal en werd hij tegen de grond gesmakt door een wind die hij niet kende. De lucht werd gevuld met stof dat bijna de maan verduisterde. Voor hem steigerde een reusachtig wit paard dat angstaanjagend hinnikte.

Hij kon nauwelijks zien wat er gebeurde, maar toen het stof wat ging liggen, voelde hij een angst zoals hij nog nooit eerder had gevoeld. Op de schimmel zat een geheel in het zwart gehulde ruiter met een valk op zijn linkerschouder. Hij droeg een tulband en een hoofddoek die zijn hele gezicht bedekte, behalve de ogen. Hij leek op de boodschapper uit de woestijn, maar hij had een sterkere uitstraling dan hij ooit eerder bij iemand had meegemaakt.

De vreemde ruiter trok het enorme kromzwaard dat aan zijn zadel hing. Het staal blikkerde in het maanlicht.

'Wie had hier de euvele moed de vlucht van de sperwers te lezen?' vroeg hij met een stem zo fors dat ze leek na te galmen tussen de vijftigduizend palmbomen van Al-Fayoum.

'Ik,' zei de jongen. Hij moest meteen denken aan het beeld van Sint-Jakob Morendoder op zijn witte paard met de heidenen onder zijn hoeven. Het was exact hetzelfde. Alleen was de situatie nu omgedraaid.

'Ik,' herhaalde de jongen en boog zijn hoofd om de slag met het zwaard te incasseren. 'Veel levens zullen gered worden omdat jullie geen rekening hebben gehouden met de ziel van de wereld.'

Het zwaard zoefde echter niet neer. De hand van de vreemdeling zakte langzaam omlaag tot de punt van de kling het voorhoofd van de jongen raakte. Hij was zo scherp dat er een druppel bloed opwelde.

De ruiter zat doodstil. De jongen ook. Hij dacht geen moment aan vluchten. In zijn hart werd hij bevangen door een vreemde blijdschap: hij zou sterven voor zijn eigen legende. En voor Fatima. De tekens waren dus toch waar. Daar was de vijand, en hij hoefde zich niet ongerust te maken over de dood, want er was een ziel van de wereld. Zo dadelijk zou hij daar deel van uitmaken. En morgen de vijand ook.

De vreemdeling hield het zwaard echter alleen maar tegen zijn voorhoofd gedrukt.

'Waarom heb je de vlucht van de vogels gelezen?'

'Ik heb alleen maar gelezen wat de vogels wilden dat ik las. Ze willen de oase redden, en jullie zullen sneuvelen. De oase heeft meer manschappen dan jullie.'

Het zwaard bleef waar het was.

'Wie ben jij om Allahs bestemming te wijzigen?'

'Allah heeft de legers geschapen en ook de vogels. Allah heeft mij de taal van de vogels getoond. Alles werd geschreven door dezelfde hand,' zei de jongen, de woorden van de kamelendrijver aanhalend.

Ten slotte haalde de vreemdeling het zwaard van zijn voorhoofd af. De jongen voelde een soort opluchting, maar wegrennen kon hij niet.

'Pas op met voorspellingen,' zei de vreemdeling. 'Wanneer de dingen geschreven staan, zijn ze onvermijdelijk.'

'Ik heb alleen een leger gezien,' zei de jongen, 'niet de uitkomst van een veldslag.'

De ruiter leek tevreden met dat antwoord, maar hij hield het zwaard in zijn hand.

'Wat doet een vreemdeling in een vreemd land?'

'Ik zoek mijn eigen legende. Iets wat u nooit zult begrijpen.'

De ruiter stak het zwaard in de schede en de valk op zijn schouder krijste raar. De jongen ontspande zich.

'Ik moest je moed op de proef stellen,' zei de vreemdeling. 'Moed is de belangrijkste eigenschap voor wie op zoek is naar de taal van de wereld.'

De jongen was totaal verrast. Die man sprak over dingen waar maar weinig mensen weet van hadden.

'Je mag je nooit ontspannen, zelfs niet als je al zo ver bent gekomen,' vervolgde hij. 'Je moet houden van de woestijn, maar er nooit volledig op vertrouwen. Want de woestijn is een test voor alle mensen: ze stelt elke stap op de proef en doodt wie verstrooid raakt.'

Zijn woorden deden denken aan die van de oude koning.

'Als de krijgers komen en je hoofd staat nog op je romp wanneer de zon ondergegaan is, zoek mij dan op,' zei de vreemdeling.

Met dezelfde hand als waarmee hij het zwaard had vastgehouden, pakte hij een zweep. Het paard steigerde opnieuw en wierp een grote stofwolk op.

'Waar woont u?' schreeuwde de jongen, terwijl het paard wegstoof.

De hand met de zweep wees naar het zuiden.

De jongen had de alchemist gevonden.

*

De volgende morgen hielden tweeduizend gewapende mannen zich gereed tussen de palmbomen van Al-Fayoum. Vóór de zon haar hoogste punt bereikt had, doemden aan de horizon vijfhonderd krijgers op. De ruiters reden de oase binnen aan de noordkant; het leek een vredesexpeditie, maar er zaten wapens verborgen onder hun mantels. Toen ze bij de grote centrale tent aankwamen, trokken ze hun kromzwaarden en geweren. En vielen een lege tent aan.

De mannen van de oase omsingelden en bestookten de woestijnruiters. Een halfuur later lagen er vierhonderd negenennegentig lijken verspreid over de grond. De kinderen zaten aan de andere kant van het palmbos en hadden niets gezien. De vrouwen baden voor hun mannen in de tenten en hadden evenmin iets gezien. Als er niet al die lijken waren geweest, had het net een doodgewone dag geleken.

Slechts één krijger werd gespaard, de commandant van het bataljon. 's Avonds werd hij voorgeleid aan de stamhoofden, die hem vroegen waarom hij met de traditie had gebroken. De commandant antwoordde dat zijn manschappen uitgeput waren na zoveel dagen vechten zonder eten en drinken, en besloten hadden een oase te bezetten om de strijd weer te kunnen hervatten.

Het stamhoofd zei dat hij wel meevoelde met de krijgers, maar dat de traditie nooit mocht worden verbroken. 'Het enige wat in de woestijn verandert, zijn de duinen als het waait,' sprak hij.

Vervolgens veroordeelde hij de commandant tot een eerloze dood. In plaats van onthoofd of doodgeschoten te worden, werd hij opgehangen aan een dode palmboom. Zijn lijk schommelde in de woestijnwind.

Het stamhoofd riep de vreemdeling en gaf hem vijftig gouden munten. Daarna vertelde hij opnieuw het verhaal van Jozef in Egypte en verzocht hem raadsman van de oase te worden.

*

Toen de zon helemaal onder was en de eerste sterren aan de hemel verschenen (erg flonkeren deden ze niet, want het was vollemaan), begaf de jongen zich naar de zuidrand van de oase. Er stond maar één tent en een paar Arabieren die langskwamen zeiden dat het daar wemelde van de djinns. Maar de jongen ging zitten en wachtte.

Na lange tijd – de maan stond al hoog aan de hemel – kwam de alchemist opdagen. Hij had twee dode sperwers over zijn schouder hangen.

'Hier ben ik,' zei de jongen.

'Je zou hier niet moeten zijn,' antwoordde de alchemist. 'Of was het soms je eigen legende hierheen te komen?'

'Er woedt een stammenoorlog. Ik kan niet verder.'

De alchemist sprong van zijn paard en beduidde de jongen mee te komen in zijn tent. Het was een tent als alle andere die hij had gezien in de oase – behalve de grote centrale tent, die de pracht en praal van een sprookje vertoonde. Hij keek rond naar kolven en ovens en apparaten, maar zag niets. Alleen een stapeltje boeken, een kookplaats en tapijten vol geheimzinnige tekeningen.

'Ga zitten, dan zet ik thee,' zei de alchemist. 'En eten we samen deze sperwers op.'

De jongen vermoedde dat het dezelfde vogels waren als hij een dag eerder had gezien, maar hij zei niets. De alchemist maakte vuur en algauw vulde een heerlijke vleesgeur de tent. Dat was beter dan de lucht van de nargilehs.

'Waarom wilde u mij spreken?' vroeg de jongen.

'Vanwege de tekens,' antwoordde de alchemist. 'De wind vertelde mij dat je zou komen. En ik heb hulp nodig.'

'Dat ben ik niet. Dat is de andere vreemdeling, de Engelsman. Hij was u aan het zoeken.'

'Die moet eerst andere dingen vinden voor hij mij vindt. Maar hij is op de goede weg. Hij kijkt naar de woestijn.'

'En ik?'

'Wanneer je iets wilt, zweert heel het universum samen om je droom verwezenlijkt te krijgen,' zei de alchemist, waarmee hij de woorden van de oude koning herhaalde. De jongen begreep het. Er was weer iemand op zijn pad gekomen om hem naar zijn eigen legende te leiden.

'Dus u gaat mij lesgeven?'

'Nee. Jij weet al alles wat je moet weten. Ik zal je alleen de goede richting naar je schat wijzen.'

'Er woedt een stammenoorlog,' herhaalde de jongen.

'Ik ken de woestijn.'

'Ik heb mijn schat al gevonden. Een kameel, het geld van de kristalzaak en vijftig gouden munten. Ik kan een rijk man zijn thuis.'

'Maar geen van die dingen heb je bij de piramiden gevonden,' zei de alchemist.

'Ik heb Fatima. Dat is een veel grotere schat dan de hele rest bij elkaar.'

'Ook zij zit niet bij de piramiden.'

Zwijgend aten ze de sperwers. De alchemist opende een fles en schonk een rode drank in het glas van de jongen. Het was wijn, een van de beste wijnen die hij ooit had gedronken. Maar wijn was toch verboden?

'Het kwaad zit niet in wat de mond van de mens ingaat,' zei de alchemist, 'maar in wat eruit komt.'

De jongen begon zich vrolijk te voelen door de wijn, maar de alchemist boezemde hem angst in. Ze gingen buiten zitten kijken naar de maan, die met haar felle schijnsel het licht van de sterren vervaagde.

'Goed zo,' zei de alchemist, toen hij merkte dat de knaap steeds vrolijker werd, 'drink en ontspan je. Rust uit zoals iedere krijger uitrust voor de slag. Maar vergeet niet dat je hart daar is waar je schat is. En dat je schat gevonden moet worden, opdat alles wat je onderweg ontdekt hebt, zin kan krijgen.

Doe morgen je kameel weg en koop een paard. Kamelen zijn verraderlijk: ze zetten duizenden passen zonder een teken van vermoeidheid te geven. Maar dan ineens zakken ze door hun knieën en zijn ze dood. Paarden worden geleidelijk moe. Bij paarden weet je altijd hoeveel je van ze kunt eisen, en je ziet wanneer het afgelopen is.'

*

De avond daarna reed de jongen op zijn nieuwe paard naar de tent van de alchemist, die een poosje later eveneens te paard verscheen, met de valk op zijn linkerschouder.

'Laat me leven in de woestijn zien,' zei de alchemist. 'Alleen wie leven vindt, kan schatten vinden.'

Ze reden weg door het zand terwijl de maan nog even helder boven hen scheen. Ik weet niet of ik wel leven kan vinden in de woestijn, dacht de jongen. Ik ken de woestijn nog niet.

Hij wilde zich omdraaien en dat tegen de alchemist zeggen, maar hij was bang voor hem. Ze kwamen bij de plek met rotsen waar de jongen de sperwers in de lucht had gezien; maar er was niets dan stilte en wind.

‘Ik kan geen leven vinden in de woestijn,’ zei de jongen. ‘Ik weet dat het er is, maar ik kan het niet vinden.’

‘Leven trekt leven aan,’ antwoordde de alchemist.

En de jongen begreep het. Op hetzelfde moment gaf hij zijn paard de vrije teugel en dat draafde vrij over stenen en zand. De alchemist volgde zwijgend, en het paard van de jongen bleef bijna een half uur lopen. Ze konden de palmbomen van de oase niet meer zien, alleen de reusachtige maan aan de hemel en de rotsen die zilverkleurig glansden. Op een plek waar de jongen nooit eerder was geweest, bleef het paard ineens staan.

‘Hier zit leven,’ zei hij tegen de alchemist. ‘Ik ken de taal van de woestijn niet, maar mijn paard kent de taal van het leven.’

Ze stegen af. De alchemist zei niets, begon alleen langzaam te lopen terwijl hij naar de stenen keek. Ineens bleef hij staan en liet zich voorzichtig door zijn knieën zakken. In de grond tussen de stenen zat een gat, waar de alchemist eerst zijn hand en vervolgens zijn arm tot aan de schouder in stak. Binnenin bewoog iets en de alchemist kneep zijn ogen – het enige wat de jongen kon zien – samen van de moeite en de spanning. De arm leek te worstelen met wat er in het gat zat. Maar met een ruk waar de jongen van schrok, trok de alchemist zijn arm terug en sprong overeind. Hij hield een slang bij de staart vast.

De jongen sprong ook, maar achteruit. De slang kronkelde en sloeg onophoudelijk, terwijl ze sissende geluiden maakte die de stilte van de woestijn verstoorden. Het was een brilslang, waarvan het gif een mens in een paar minuten kan doden.

Pas op voor het vergif, dacht de jongen. Maar de alchemist had zijn hand in het gat gestoken en moest al gebeten zijn. Zijn gezicht stond echter kalm. ‘De alchemist is tweehonderd jaar oud,’ had de Engelsman gezegd. Hij zou wel weten hoe hij met slangen in de woestijn moest omgaan.

Hij zag hoe zijn metgezel naar zijn paard liep en het lange zwaard in de vorm van een halvemaan trok. Daarmee tekende hij een cirkel op de grond en legde de slang erin. Het beest werd onmiddellijk stil.

'Wees maar niet bang,' zei de alchemist. 'Ze komt daar niet uit. En jij hebt leven ontdekt in de woestijn, het teken dat ik nodig had.'

'Waarom was dat zo belangrijk?'

'Omdat de piramiden midden in de woestijn liggen.'

De jongen wilde niets weten van piramiden. Zijn hart was zwaar bedrukt sinds de vorige avond. Want doorgaan met zoeken naar zijn schat betekende dat hij Fatima moest verlaten.

'Ik zal je door de woestijn leiden,' zei de alchemist.

'Ik wil in de oase blijven,' antwoordde de jongen. 'Ik heb Fatima al gevonden. En zij is voor mij meer waard dan de schat.'

'Fatima is een woestijnvrouw,' zei de alchemist. 'Ze weet dat mannen weg moeten gaan, om terug te kunnen komen. Zij heeft haar schat al gevonden: jou. Nu wacht ze tot jij vindt wat je zoekt.'

'En als ik toch blijf?'

'Dan word je de raadsman van de oase. Je hebt genoeg goud om veel schapen en kamelen te kopen. Je trouwt met Fatima en het eerste jaar zijn jullie gelukkig. Je leert de woestijn lief te hebben en kent op den duur alle vijfduizend palmbomen. Je begrijpt hoe ze groeien, een wereld laten zien die steeds verandert. En je zult steeds beter de tekens begrijpen, want de woestijn leert beter dan iedere leermeester.

Het tweede jaar zul je je herinneren dat er een schat bestaat. De tekens zullen er onophoudelijk over praten en jij zult proberen ze te negeren. Je zult je kennis uitsluitend gebruiken voor het welzijn van de oase en haar bewoners. De stamhoofden zullen je daar dankbaar voor zijn. Je kamelen zullen je rijkdom en macht brengen.

In het derde jaar zullen de tekens doorgaan met praten over je schat en je eigen legende. Je zult nachten achtereen door de oase dwalen en Fatima zal een bedroefde vrouw worden, omdat zij de schuld is dat je weg onderbroken werd. Maar jij zult haar liefde geven en die zal worden beantwoord. Je zult je herinneren dat zij jou nooit gevraagd heeft te blijven, want een vrouw uit de woestijn weet te wachten op haar man. Daarom zul je haar niet de schuld geven. Maar je zult vele nachten door de woestijn en tussen de palmen dolen, denkend dat je misschien door had moeten gaan, meer vertrouwen had moeten hebben in je liefde voor Fatima. Want wat je in de oase vasthield, was je eigen angst dat je nooit terug zou keren. En dan zullen de tekens je te kennen geven dat je schat voorgoed begraven is.

In het vierde jaar zullen de tekens je in de steek laten, omdat je niet naar ze hebt willen luisteren. De stamhoofden zullen dat merken en je zult afgezet worden als raadsman. Tegen die tijd ben je een rijk zakenman met veel kamelen en veel koopwaar. Maar je zult de rest van je dagen doorbrengen met dwalen tussen de palmbomen en door de woestijn, wetend dat je je eigen legende niet waargemaakt hebt en dat het daar nu te laat voor is.

Zonder ooit te begrijpen dat liefde nooit iemand verhindert zijn eigen legende te volgen. Wanneer dat wel gebeurt, betekent dat dat het niet de ware liefde is, de liefde die de taal van de wereld spreekt.'

De alchemist veegde de cirkel op de grond uit en de slang gleed weg tussen de stenen. De jongen dacht aan de kristalhandelaar, die altijd naar Mekka had willen gaan, en aan de Engelsman, die een alchemist zocht. Hij dacht aan hoe de woestijn hem de vrouw had gebracht van wie hij wilde houden.

Ze sprongen op hun paarden en dit keer was het de jongen die de alchemist volgde. De wind droeg de geluiden van de oase aan en hij probeerde de stem van Fatima eruit te halen. Die dag was ze niet naar de put gegaan vanwege het gevecht.

Maar nu, terwijl ze stonden te kijken naar een slang in een cirkel, had de vreemde ruiter met de valk op zijn schouder gesproken over liefde en schatten, over de vrouwen uit de woestijn en zijn eigen legende.

'Ik ga met u mee,' zei de jongen. En op hetzelfde moment voelde hij vrede in zijn hart.

‘We vertrekken morgen voor de zon opkomt,’ was het enige antwoord van de alchemist.

*

De jongen deed de hele nacht geen oog dicht. Twee uur voor het licht werd, maakte hij een van de jongens die bij hem in de tent sliepen wakker en vroeg hem te wijzen waar Fatima woonde. Ze liepen er samen naartoe. In ruil gaf hij hem geld om een schaap te kopen.

Daarna vroeg hij hem uit te vinden waar Fatima sliep, en haar te wekken en te zeggen dat hij op haar wachtte. Ook dat deed de jonge Arabier en hij kreeg geld voor nog een schaap.

Fatima verscheen in de opening van de tent en ze gingen samen weg om tussen de palmen te wandelen. De jongen wist dat dat in strijd was met de traditie, maar dat was nu van geen belang.

‘Ik ga weg,’ zei hij. ‘En ik wil dat je weet dat ik terugkom. Ik hou van je omdat...’

‘Zeg niets,’ onderbrak Fatima hem. ‘Je houdt van iemand omdat je van iemand houdt. Liefde kent geen redenen.’

Maar de jongen ging door: ‘Ik hou van je omdat ik een droom heb gehad, een koning heb ontmoet en kristal heb verkocht, omdat de stammen de oorlog hebben verklaard en ik bij een put ben gaan vragen waar de alchemist woonde. Ik hou van je omdat het hele universum heeft samengespannen om mij tot bij jou te laten komen.’

Ze omhelsden elkaar. Het was de eerste keer dat hun lichamen elkaar raakten.

‘Ik kom terug,’ herhaalde de jongen.

‘Vroeger keek ik vol verlangen naar de woestijn,’ zei Fatima. ‘Nu zal het vol hoop worden. Mijn vader ging ook ooit weg, maar hij kwam terug bij mijn moeder en is ook later altijd teruggekomen.’

En ze zeiden verder niets. Ze liepen nog wat tussen de palmbomen en namen afscheid voor haar tent.

'Ik kom terug zoals je vader altijd teruggekeerd is naar je moeder,' zei hij.

Hij merkte dat Fatima tranen in de ogen had.

'Huil je?'

'Ik ben een woestijnvrouw,' zei ze, haar gezicht verbergend. 'Maar boven alles ben ik een vrouw.'

Fatima liep naar binnen. Over een paar minuten zou de zon opkomen. Zodra het dag werd, zou ze weer naar buiten gaan en doen wat ze al jaren deed; maar alles was veranderd. De jongen was niet meer in de oase en de oase had niet meer de betekenis die ze vlak tevoren nog had gehad. Het zou niet meer de plaats met vijftigduizend palmbomen en driehonderd putten zijn waar de pelgrims blij aankwamen na een lange reis. Voor haar zou de oase voortaan een lege plek zijn.

Vanaf vandaag zou de woestijn belangrijker worden. Ze zou er altijd naar kijken, pogend te achterhalen welke ster de jongen volgde op zoek naar zijn schat. Ze zou haar kussen in de wind moeten sturen, in de hoop dat die het gezicht van de jongen streelden en hem vertelden dat ze leefde, dat ze wachtte op hem zoals een vrouw wacht op een moedig man, die op zoek is naar dromen en schatten. Vanaf vandaag zou de woestijn nog maar één ding zijn: de hoop op zijn terugkeer.

*

'Denk niet aan wat achter is gebleven,' zei de alchemist, terwijl ze over de zandvlakten van de woestijn reden. 'Alles staat gegrift in de ziel van de wereld, en daar zal het eeuwig blijven.'

'Mensen dromen meer over terugkomen dan over weggaan,' zei de jongen, die alweer aan het wennen was aan de stilte van de woestijn.

'Als datgene wat je gevonden hebt zuiver is, zal het nooit vergaan. En je zult ooit kunnen terugkeren. Als het slechts een lichtflits was, als de explosie van een ster, dan zul je niets vinden als je terugkomt. Maar je zult een lichtexplosie hebben gezien. En dat alleen al is de moeite waard.'

De man praatte alchemistentaal. Maar de jongen wist dat hij op Fatima doelde.

Het was moeilijk om niet te denken aan wat achtergebleven was. De woestijn, met haar nagenoeg altijd eendere landschap, zette aan tot dromen. De jongen zag nog steeds de palmen, de putten en het gezicht van zijn beminde vrouw. Hij zag de Engelsman met zijn laboratorium, en de kamelendrijver die een meester was en het niet wist. Misschien heeft de alchemist nooit liefgehad, dacht hij.

De alchemist reed voor hem, met de valk op zijn schouder. Het dier kende de taal van de woestijn goed, en wanneer ze stopten, steeg hij op van de schouder van de alchemist en vloog weg op zoek naar voedsel. De eerste dag kwam hij terug met een haas. De tweede dag met twee vogels.

's Nachts spreidden ze hun dekens uit en maakten geen vuur. De woestijnnachten waren koud en werden donkerder naarmate de maan begon te krimpen. Een week lang reden ze zwijgend voort, praten deden ze alleen over wat ze moesten doen om de gevechten te mijden. De oorlog duurde voort en soms waaide de wind de zoetige geur van bloed aan. Vlakbij had een veldslag gewoed, en de wind herinnerde de jongen eraan dat er een taal van de tekens bestond, die altijd weer duidelijk wilde maken wat zijn ogen niet konden zien.

Op de zevende dag besloot de alchemist vroeger hun bivak op te slaan dan normaal. Zijn valk vloog weg op zoek naar prooi en hij haalde zijn waterfles te voorschijn en gaf die aan de jongen.

'Je bent nu bijna aan het eind van je reis,' zei hij. 'Proficiat dat je je eigen legende hebt gevolgd.'

'En u zegt maar steeds niets,' zei de jongen. 'Ik dacht dat u mij zou leren wat u weet. Een poos geleden was ik in de woestijn bij een man die alchemieboeken had. Maar ik kon er niets uit leren.'

'Er is maar één manier om te leren,' antwoordde de alchemist.

'Door te handelen. Alles wat je moest weten, heeft de reis je geleerd. Er ontbreekt slechts één ding.'

De jongen wilde weten wat, maar de alchemist hield zijn ogen strak gericht op de horizon, wachtend op de terugkeer van de valk.

'Waarom noemen ze u alchemist?'

'Omdat ik dat ben.'

'En wat was er mis met de andere alchemisten, die goud zochten en het niet vonden?'

'Ze zochten alleen goud,' antwoordde zijn metgezel. 'Ze zochten de schat van hun eigen legende zonder dat ze die wilden leven.'

'Wat moet ik nog weten?' drong de jongen aan.

Maar de alchemist staarde weer naar de horizon. Na enige tijd kwam de valk terug met het eten. Ze groeven een gat in de grond voor het vuur, zodat niemand de vlammen kon zien.

'Ik ben een alchemist omdat ik een alchemist ben,' zei de alchemist, terwijl ze het eten klaarmaakten. 'Ik heb de wetenschap van mijn grootouders geleerd, die het van hun grootvaders hadden geleerd, enzovoort, tot aan de Schepping. In die tijd kon heel de kennis van het grote werk geschreven worden op één simpele smaragd. Maar de mensen hechtten geen waarde aan simpele dingen en begonnen traktaten, interpretaties en wijsgerige studies te schrijven. Ook beweerden ze dat ze de weg beter kenden dan de anderen. Maar de tafel van smaragd is nog steeds levend.'

'Wat stond er geschreven op de tafel van smaragd?' wilde de jongen weten.

De alchemist begon in het zand te tekenen, niet langer dan vijf minuten. Terwijl hij tekende, dacht de jongen aan de oude koning en aan het plein waar ze elkaar ooit ontmoet hadden; het leek of het jaren geleden was.

'Dit stond er geschreven op de tafel van smaragd,' zei de alchemist, toen hij klaar was met schrijven.

De jongen kwam dichterbij en las de woorden in het zand.

'Het is codetaal,' zei hij enigszins teleurgesteld. 'Net als de boeken van de Engelsman.'

'Nee,' antwoordde de alchemist. 'Het is net als de vlucht van de sperwers; je moet het niet alleen maar begrijpen met je verstand. De tafel van smaragd spreekt rechtstreeks tot de ziel van de wereld.

De wijzen hebben begrepen dat onze natuurlijke wereld slechts een beeld en kopie is van het paradijs. Het simpele bestaan van de wereld is de garantie dat er een volmaaktere wereld bestaat. God heeft die geschapen om de mensen door middel van de zichtbare dingen zijn geestelijke lessen en de wonderen van zijn wijsheid te laten begrijpen. Dat is wat ik handelen noem.'

'Moet ik de tafel van smaragd begrijpen?' vroeg de jongen.

'Als we in een alchemistenlaboratorium waren, zou dit misschien het juiste moment zijn om te bestuderen hoe je de tafel van smaragd het beste kunt begrijpen. Maar je bent in de woestijn. Ga dus op in deze woestijn. Via haar kun je de wereld en al het andere op aarde begrijpen. Je hoeft niet eens de woestijn te begrijpen: als je naar een eenvoudige zandkorrel kijkt, zul je daar alle wonderen van de Schepping in zien.'

'Hoe moet ik opgaan in de woestijn?'

'Luister naar je hart. Dat kent alles, omdat het afkomstig is van de ziel van de wereld en daar ooit naar zal terugkeren.'

*

Ze reden twee dagen zwijgend door. De alchemist was nog meer op zijn hoede, want ze naderden het gebied met de hevigste gevechten. En de jongen probeerde te luisteren naar zijn hart.

Het was een moeilijk hart; vroeger wilde het altijd alleen maar weggaan, nu wilde het tot elke prijs aankomen. Soms vertelde zijn hart urenlang verhalen vol heimwee, andere keren werd het ontroerd door het opkomen van de zon in de woestijn en liet het hem heimelijk huilen. Het ging sneller slaan wanneer het sprak over de schat en werd rustiger wanneer zijn ogen wegdwaalden naar de eindeloze horizon van de woestijn. Maar het was nooit stil, zelfs als hij geen woord met de alchemist wisselde.

'Waarom moet je naar je hart luisteren?' vroeg hij toen ze die avond hun kamp opsloegen.

'Omdat waar dat is, je schat ook is.'

'Mijn hart is opgewonden,' zei de jongen. 'Het heeft dromen, raakt ontroerd en is verliefd op een woestijnvrouw. Het vraagt mij allerlei dingen en gunt me vaak nachtenlang geen slaap, wanneer ik aan haar denk.'

'Dat is goed. Je hart leeft. Blijf luisteren naar wat het te zeggen heeft.'

De drie volgende dagen passeerden ze een paar krijgers en zagen ze andere soldaten aan de kim. Het hart van de jongen begon over angst te praten. Het vertelde de jongen verhalen die het gehoord had van de ziel van de wereld, verhalen over mensen die op zoek waren gegaan naar hun schat en die nooit hadden gevonden. Soms joeg het de jongen schrik aan door de gedachte dat hij de schat misschien niet zou vinden, of dat hij zou sterven in de woestijn. Andere keren zei het tegen hem dat het tevreden was, omdat hij een meisje en een hoop gouden munten had gevonden.

'Mijn hart is verraderlijk,' zei de jongen tegen de alchemist, toen ze stopten om de paarden wat te laten rusten. 'Het wil niet dat ik doorga.'

'Dat is goed,' antwoordde de alchemist opnieuw. 'Het bewijst dat je hart leeft. Het is logisch dat je bang bent om alles wat je bereikt hebt te ruilen voor een droom.'

'Waarom moet ik dan naar mijn hart luisteren?'

'Omdat je het nooit stil zult kunnen houden. En zelfs al doe je net of je niet hoort wat het zegt, het zit toch in je borst en blijft maar herhalen wat het denkt over het leven en de wereld.'

'Zelfs al is het verraderlijk?'

'Verraad is een overval waar je niet op bedacht bent. Als je je hart goed kent, zal het je nooit kunnen overvallen. Want je zult alle dromen en wensen die het heeft, kennen en daarmee om weten te gaan.

Niemand kan vluchten voor zijn eigen hart. Daarom is het beter te luisteren naar wat het zegt. Zodat je nooit verrast wordt.'

De jongen bleef naar zijn hart luisteren terwijl ze door de woestijn reden. Hij leerde alle listen en trucs ervan kennen en ging het accepteren zoals het was. Toen verloor hij zijn angst en hoefde hij niet meer per se terug, want op zekere avond zei zijn hart tegen hem dat het tevreden was. 'Kijk,' zei zijn hart, 'ik reclameer dan misschien wel wat, maar dat komt omdat ik een mensenhart ben, en mensenharten zijn zo. Ze zijn bang hun grootste dromen te verwezenlijken, want ze denken dat ze het niet verdienen, of dat het hun nooit zal lukken. Wij, harten, sterven van angst alleen al bij de gedachte aan geliefden die voorgoed zijn vertrokken, aan ogenblikken die goed hadden kunnen zijn en het niet waren, aan schatten die ontdekt hadden kunnen worden en eeuwig verborgen bleven in het zand. Want als dat gebeurt, lijden we vreselijk.'

'Mijn hart is bang om te lijden,' zei de jongen tegen de alchemist, op een avond dat ze naar de maanloze hemel zaten te kijken.

'Zeg het dan dat angst om te lijden erger is dan het lijden zelf. En dat geen enkel hart ooit geleden heeft wanneer het op zoek was naar zijn dromen, want ieder moment van een zoektocht is een moment van ontmoeting met God en de eeuwigheid.'

'Als je zoekt, vind je ook altijd,' zei de jongen tegen zijn hart. 'Toen ik zocht naar mijn schat waren alle dagen schitterend, omdat ik wist dat ieder ogenblik deel uitmaakte van de droom die te vinden. Terwijl ik mijn schat zocht, ontdekte ik dingen die ik nooit zou hebben gevonden als ik niet de moed had gehad dingen te doen die onmogelijk zijn voor herders.'

Zijn hart bleef de hele avond stil. 's Nachts sliep hij rustig, en toen hij wakker werd begon zijn hart hem de dingen van de ziel van de wereld te vertellen. Het zei dat ieder gelukkig mens een mens was die God in zich droeg. En dat het geluk gevonden kon worden in een doodgewone zandkorrel uit de woestijn, zoals de alchemist had gezegd. Want een zandkorrel is een moment van de Schepping, en het universum heeft er miljarden jaren over gedaan hem te scheppen. 'Ieder mens op aarde heeft een schat die op hem wacht,' zei zijn hart. 'Wij harten praten niet veel over die schatten, want de mensen willen ze niet meer vinden. We praten er alleen over tegen kinderen. Daarna laten we het leven elk kind naar zijn bestemming leiden. Maar helaas volgen maar weinigen de weg die voor hen uitgestippeld is, en dat is de weg van de eigen legende en het geluk. Ze vinden de wereld bedreigend – en daarom wórdt de wereld ook bedreigend.

Dan gaan wij harten steeds zachter praten, maar zwijgen doen we nooit. En we hopen dat onze woorden niet gehoord worden: we willen niet dat de mensen lijden omdat ze hun hart niet hebben gevolgd.'

'Waarom vertellen de harten de mensen niet dat ze hun dromen moeten blijven volgen?' vroeg de jongen aan de alchemist.

'Omdat het hart in dat geval het meest lijdt. En harten lijden niet graag.'

Vanaf die dag begreep de jongen zijn hart. Hij vroeg het hem nooit meer te verlaten. Vroeg het om, als hij ver verwijderd was van zijn dromen, in zijn borst te knellen en een alarmsignaal te geven. De jongen zwoer dat hij daar altijd aan zou gehoorzamen.

Die avond besprak hij dat allemaal met de alchemist. En de alchemist begreep dat het hart van de jongen teruggekeerd was naar de ziel van de wereld.

'En wat nu?' vroeg de jongen.

'Rijd door naar de piramiden,' zei de alchemist. 'En blijf letten op de tekens. Je hart is in staat je de schat te wijzen.'

'Was dat het wat ik nog moest weten?'

'Nee,' antwoordde de alchemist. 'Wat je nog moet weten is dit: voor ze een droom verwezenlijkt, wil de ziel van de wereld altijd eerst nog testen wat je onderweg geleerd hebt. Ze doet dat niet om je te sarren, maar om je samen met je droom ook de lessen te laten verwerven die je leert terwijl je werkt aan je droom. Dat is het moment waarop de meeste mensen afhaken. Dat is wat wij in woestijntaal noemen: "Sterven van de dorst terwijl de palmbomen reeds opdoemen." Zoeken begint altijd met beginnersgeluk. En eindigt altijd met de test van de veroveraar.'

De jongen moest denken aan een oud spreekwoord van thuis: het donkerste uur is het uur voor de zon opkomt.

*

De volgende dag diende zich het eerste concrete teken van gevaar aan. Drie krijgers kwamen naar hen toe en vroegen wat ze daar deden.

'Jagen met mijn valk,' antwoordde de alchemist.

'We moeten jullie fouilleren om te zien of jullie geen wapens bij je hebben,' zei een van de krijgers.

De alchemist stapte langzaam van zijn paard af. De jongen deed hetzelfde.

'Waarom zoveel geld?' vroeg de krijger, toen hij de beurs van de jongen zag.

'Om in Egypte te komen,' zei hij.

De soldaat die de alchemist aan het fouilleren was, vond een kristallen flesje met een vloeistof en een ei van gelig glas, iets groter dan een kippenei.

'Wat zijn dit voor dingen?' vroeg hij.

'De steen der wijzen en het levenselixer. Het grote werk van de alchemisten. Wie het elixer drinkt, wordt nooit ziek, en een splinter van deze steen verandert elk metaal in goud.'

De soldaten schaterden het uit en de alchemist lachte met hen mee. Ze hadden het antwoord dolkomisch gevonden en lieten hen ongehinderd gaan met al hun bezittingen.

'Bent u gek?' vroeg de jongen aan de alchemist toen ze een eind uit de buurt waren. 'Waarom deed u dat?'

'Om jou een eenvoudige wet te demonstreren,' antwoordde

de alchemist. 'De mensen zien het nooit als ze een grote schat voor hun neus hebben. En weet je ook waarom? Omdat ze niet in schatten geloven.'

Ze reden verder door de woestijn. Het hart van de jongen werd metterdag stiller. Het wilde niets meer weten van dingen uit het verleden of van de toekomst; samen met de jongen keek het naar de woestijn en laafde het zich aan de ziel der wereld. Hij en zijn hart werden dikke vrienden – ze konden elkaar niet meer verraden.

Wanneer het hart sprak, was het om de jongen aan te moedigen en kracht te geven, want die ging af en toe zwaar gebukt onder de dagen van stilte. Zijn hart somde dan zijn sterke punten op: zijn moed om schapen te verlaten en zijn eigen legende te beleven, het enthousiasme waarmee hij in de kristalzaak had gewerkt.

Het vertelde hem nog iets, waar de jongen nooit iets van had gemerkt: de gevaren waar hij ternauwernood aan was ontsnapt. Zijn hart zei dat het een keer het pistool dat hij van zijn vader had gestolen, verstopt had, omdat de kans groot was dat hij er zichzelf mee zou verwonden. En het vertelde over een dag dat hij misselijk was geworden op het land, had moeten overgeven en vervolgens in slaap was gevallen: iets verderop zaten twee rovers hem op te wachten, om zijn schapen te stelen en hem te vermoorden. Maar toen de jongen niet kwam opdagen, dropen ze af in de veronderstelling dat hij een andere weg had genomen.

'Helpen de harten de mensen altijd?' vroeg de jongen aan de alchemist.

'Alleen hen die hun eigen legende beleven. Maar kinderen, dronkaards en bejaarden helpen ze altijd.'

'Wil dat dus zeggen dat er geen gevaar is?'

'Dat wil alleen maar zeggen dat de harten hun uiterste best doen,' antwoordde de alchemist.

Op een middag passeerden ze het kamp van een van de stammen. Ze zagen overal Arabieren met prachtige witte gewaden en wapens in hun gordel. De mannen rookten en praatten over de gevechten. Niemand lette op de twee reizigers.

'Er is geen enkel gevaar,' zei de jongen, toen ze al een eindje weg waren van het kamp.

De alchemist werd woedend.

'Vertrouw op je hart,' zei hij, 'maar vergeet niet dat je in de woestijn bent. Wanneer de mensen oorlog voeren, hoort ook de ziel van de wereld de strijdkreten. Niemand ontsnapt aan de gevolgen van alles wat onder de zon gebeurt.'

Alles is één, dacht de jongen.

En alsof de woestijn wilde laten zien dat de alchemist gelijk had, doken er twee ruiters achter hen op.

'Jullie mogen niet verder,' zei een van hen. 'Jullie bevinden je op terrein waar gevechten plaatsvinden.'

'Ik ga niet ver,' antwoordde de alchemist, terwijl hij de krijgers diep in de ogen keek. Ze zwegen een paar minuten en lieten hen toen doorrijden.

De jongen had gefascineerd toegekeken.

'U beheerste de soldaten met uw blik,' merkte hij op.

'De ogen tonen de kracht van de ziel,' antwoordde de alchemist.

Dat is waar, dacht de jongen. Hij had gemerkt dat midden in de menigte soldaten in het kamp, een van hen strak naar hen had gekeken, terwijl hij zo ver weg stond dat je niet eens goed zijn gezicht kon zien. Maar de jongen wist zeker dat hij naar hen had gekeken.

Eindelijk – ze trokken door een bergketen die zich over de hele horizon uitstrekte – zei de alchemist dat het nog twee dagen was tot de piramiden.

'Kunt u mij dan, voor we straks uit elkaar gaan, alchemie leren?' vroeg de jongen.

'Die beheers je al. Alchemie is doordringen in de ziel van de wereld en de schat ontdekken die zij voor ons heeft weggelegd.'

'Dat is het niet wat ik wil weten. Ik bedoel lood in goud veranderen.'

De alchemist respecteerde de stilte van de woestijn en gaf pas antwoord toen ze stopten om te eten.

'Alles in het heelal ontwikkelt zich,' zei hij. 'En voor de wijzen is goud het verst ontwikkelde metaal. Vraag me niet waarom; ik weet het niet. Ik weet alleen dat de traditie altijd gelijk heeft. De mensen hebben de woorden van de wijzen niet goed geïnterpreteerd. En in plaats van symbool van ontwikkeling werd het goud aanleiding voor oorlogen.'

'De dingen spreken vele talen,' zei de jongen. 'Ik heb gezien hoe het briesen van een kameel eerst gewoon briesen was, vervolgens een waarschuwing dat er gevaar dreigde en ten slotte opnieuw briesen.'

Hij zweeg. De alchemist wist dit natuurlijk allemaal allang.

'Ik heb echte alchemisten gekend,' vervolgde die. 'Ze sloten zich op in hun laboratorium en probeerden met het goud mee te ontwikkelen; ze ontdekten de steen der wijzen. Want ze hadden begrepen dat als iets zich ontwikkelt, alles eromheen zich mee ontwikkelt.

Anderen ontdekten de steen puur toevallig. Ze hadden de gave al, hun zielen waren slimmer dan die van de andere mensen. Maar die tellen niet mee, want ze zijn zeldzaam.

Weer anderen ten slotte zochten alleen maar naar het goud. Die hebben het geheim nooit ontdekt. Ze vergaten dat lood, koper en ijzer ook hun eigen legende moeten waarmaken. En wie zich bemoeit met de eigen legende van anderen, zal de zijne nooit ontdekken.'

De woorden van de alchemist klonken als een vloek. Hij bukte en raapte een schelp op van de woestijnbodem.

'Dit was ooit een zee,' zei hij.

'Had ik al gemerkt,' antwoordde de jongen.

De alchemist vroeg hem de schelp tegen zijn oor te drukken. Hij had dat als kind honderden keren gedaan en luisterde naar het ruisen van de zee.

'De zee leeft voort in die schelp, want dat is haar eigen legende. En ze zal die nooit verlaten, totdat de woestijn opnieuw overspoeld wordt door water.'

Daarna sprongen ze op hun paarden en reden door naar de piramiden van Egypte.

De zon was aan het zakken toen het hart van de jongen een waarschuwingsteken gaf. Ze reden tussen reusachtige duinen door en de jongen keek naar de alchemist, maar die leek niets te hebben gemerkt. Vijf minuten later zag de jongen twee ruiters voor zich, hun silhouetten scherp afgetekend tegen de zon. Voor hij iets kon zeggen, waren de twee ruiters er tien geworden, daarna honderd, tot de reusachtige duinen er helemaal mee overdekt waren.

Het waren geheel in het blauw geklede soldaten met een zwarte tiara op hun tulband. Hun gezichten gingen verborgen achter een eveneens blauwe sluier, die alleen hun ogen vrijliet.

Zelfs ver weg lieten de ogen de kracht van hun zielen zien. En die ogen spraken van dood.

*

Ze brachten de twee naar een legerkamp vlakbij. Een soldaat duwde de jongen samen met de alchemist een tent in. Het was een andere tent dan die hij in de oase had gezien; hier zat een commandant met zijn generale staf.

'Dit zijn de spionnen,' zei een van de mannen.

'Wij zijn gewoon reizigers,' antwoordde de alchemist.

'U beiden bent drie dagen geleden gesignaleerd in het vijandelijke kamp. En u hebt gesproken met een van hun krijgers.'

'Ik ben een man die door de woestijn dwaalt en de sterren kent,' zei de alchemist. 'Ik heb geen informatie over stammen of troepenbewegingen. Ik heb alleen mijn vriend hierheen geleid.'

'Wie is uw vriend?' vroeg de commandant.

'Een alchemist,' zei de alchemist. 'Hij kent de krachten van de natuur. En hij wil u zijn uitzonderlijke gave tonen.'

De jongen luisterde zwijgend. En bang.

'Wat doet een vreemdeling op vreemde bodem?' vroeg een andere man.

'Hij heeft geld bij zich om aan uw stam te schenken,' antwoordde de alchemist voor de jongen iets kon zeggen. En hij pakte zijn beurs en gaf de goudstukken aan de generaal.

De Arabier nam ze zwijgend in ontvangst. Dat was goed voor een hoop wapens.

'Wat is een alchemist?' vroeg hij ten slotte.

'Iemand die de natuur en de wereld kent. Als hij het wil, vernielt hij dit kamp volledig met alleen maar de kracht van de wind.'

De mannen lachten. Ze waren gewend aan de kracht van de oorlog, en de wind houdt geen dodelijke slag tegen. Maar diep in hun borst raakten hun harten bekneld. Het waren woestijnbewoners en ze waren bang voor tovenaars.

'Dat wil ik zien,' zei de generaal.

'We hebben drie dagen nodig,' antwoordde de alchemist. 'Dan verandert hij zichzelf in wind om zijn kracht te laten zien. Als het hem niet lukt, bieden wij u nederig ons leven aan voor de eer van uw stam.'

'U kunt mij niet aanbieden wat al van mij is,' zei de generaal hooghartig.

Maar hij verleende de reizigers de drie dagen.

De jongen was verlamd van schrik. De alchemist moest hem aan een arm de tent uit trekken.

'Laat hun niet merken dat je bang bent,' zei de alchemist. 'Het zijn dappere mannen en ze verachten lafaards.'

Maar de jongen was totaal verstomd. Pas na een behoorlijke tijd kon hij weer wat zeggen, terwijl ze door het kampement liepen. Opsluiten was niet nodig: de Arabieren hadden alleen hun paarden afgenomen. En voor de zoveelste keer toonde de wereld zijn vele talen: de woestijn, die eerder een vrij, onbegrensd terrein was geweest, was nu een onneembare vestingmuur.

'U hebt hun heel mijn rijkdom gegeven!' zei de jongen. 'Alles wat ik in mijn leven verdiend heb!'

'En wat had je daaraan gehad als je had moeten sterven?' antwoordde de alchemist. 'Dat geld heeft je ten minste drie dagen gered. Het gebeurt maar zelden dat geld de dood uitstelt.'

Maar de jongen was te zeer in paniek voor wijze woorden. Hij wist niet hoe hij zichzelf moest veranderen in wind. Hij was geen alchemist.

De alchemist vroeg een kop thee aan een krijger en goot daar een beetje van uit over de polsen van de jongen. Een golf van rust doorstroomde zijn lichaam, terwijl de alchemist enkele woorden sprak die hij niet kon verstaan.

'Geef je niet over aan wanhoop,' zei de alchemist met opvallend zachte stem. 'Dan kun je niet praten met je hart.'

'Maar ik kan mij niet veranderen in wind.'

'Wie zijn eigen legende leeft kan alles wat hij moet kunnen. Er is maar één iets wat een droom onmogelijk maakt: de angst om te falen.'

'Ik ben niet bang om te falen. Ik kan mezelf gewoon niet veranderen in wind, dat is alles.'

'Dan moet je dat leren. Je leven hangt ervan af.'

'En als het me niet lukt?'

'Dan ga je dood terwijl je je eigen legende leefde. Dat is heel wat beter dan sterven als miljoenen anderen, die nooit geweten hebben dat de eigen legende bestond.

Maar maak je geen zorgen. Meestal maakt de dood de mensen gevoeliger voor het leven.'

De eerste dag ging voorbij. Vlakbij woedde een hevige veldslag en er werden verschillende gewonden het legerkamp binnengedragen. Er verandert niets met de dood, dacht de jongen. De krijgers die sneuvelden werden vervangen door andere en het leven ging door.

'Je had later kunnen sterven, vriend,' zei de wachtpost tegen het lijk van een kameraad. 'Je had kunnen sterven als het weer vrede was. Maar je zou hoe dan ook sterven.'

Aan het eind van de dag zocht de jongen de alchemist op. Die was met zijn valk op weg naar de woestijn.

'Ik kan mij niet in wind veranderen,' herhaalde de jongen.

'Denk aan wat ik je gezegd heb: dat de wereld slechts het zichtbare gedeelte van God is. En alchemie de materiële vertaling van de geestelijke volmaaktheid.'

'Wat bent u aan het doen?'

'Mijn valk aan het voeren.'

'Als het mij niet lukt in wind te veranderen, gaan we eraan,' zei de jongen. 'Waarom de valk nog voeren?'

'Wie eraan gaat ben jij,' zei de alchemist. 'Ik kan mezelf veranderen in wind.'

De tweede dag klom de jongen op een rots vlak buiten het kamp. De wachtposten hadden hem ongehinderd laten gaan; ze hadden gehoord van de tovenaar die zichzelf in wind kon veranderen en wilden niet bij hem in de buurt komen. Bovendien was de woestijn een grote, onneembare vestingmuur.

Hij bleef de hele middag naar de woestijn kijken. Luisterde naar zijn hart. En de woestijn luisterde naar zijn angst.

Ze praatten allebei dezelfde taal.

*

De derde dag vergaderde de generaal met zijn voornaamste commandanten.

'Laten we dan nu maar eens gaan kijken hoe die snotneus het eraf brengt,' zei de generaal tegen de alchemist.

'Ja, laten we dat gaan doen,' antwoordde de alchemist.

De jongen bracht hen naar de plaats waar hij daags tevoren was geweest. Daar verzocht hij hen allen te gaan zitten.

'Het duurt even,' zei hij.

'Wij hebben geen haast,' antwoordde de generaal. 'Wij zijn woestijnmensen.'

*

De jongen begon de horizon af te turen. Voor hem strekten zich bergen en duinen uit en lagen rotsen, begroeid met kruipplanten die per se wilden leven waar overleven onmogelijk was. Daar was de woestijn, waar hij zoveel maanden doorheen getrokken was, en waarvan hij desondanks nog maar zo'n klein deel kende. In dat kleine deel had hij een Engelsman en karavanen ontmoet, was hij getuige geweest van stammenoorlogen en had hij in een oase met vijftigduizend palmen en driehonderd putten gezeten.

'Wat wil je hier vandaag?' vroeg de woestijn. 'Hebben we elkaar gisteren nog niet genoeg bekeken?'

'Ergens in jou zit degene die ik liefheb,' zei de jongen. 'Wanneer ik dus naar je zand kijk, kijk ik ook naar haar. Ik wil terug naar haar en heb jouw hulp nodig om te veranderen in wind.'

'Wat is liefde?' vroeg de woestijn.

'Liefde is wanneer de valk boven je zandvlakten vliegt. Want voor de valk ben jij een groen veld en hij is nooit teruggekeerd zonder buit. Hij kent je rotsen, je duinen, je bergen, en jij bent gul en goedgeefs voor hem.'

'De snavel van de valk trekt stukjes uit mij weg,' zei de woestijn. 'Jarenlang verzorg ik zijn prooidieren, ik leid ze naar het beetje water dat ik heb, laat ze zien waar het weinige voedsel zit. En dan op een dag daalt de valk uit de hemel neer, juist op het moment dat ik de liefkozing van de prooidieren op mijn zand zal voelen. Hij haalt weg wat ik heb grootgebracht.'

'Maar dat is toch precies waarvoor je de prooi hebt grootgebracht,' antwoordde de jongen, 'om de valk te voeden. En de valk zal de mens voeden. En de mens zal ooit je zand voeden waar dan het wild weer uit opduikt. Zo draait de wereld door.'

'Is dat liefde?'

'Ja, dat is liefde. Het is datgene wat zorgt dat prooidieren veranderen in een valk, de valk in een mens en de mens weer in woestijn. Het is datgene wat zorgt dat lood verandert in goud en het goud zich weer verstopt onder de grond.'

'Ik begrijp je woorden niet,' zei de woestijn.
'Begrijp dan dat ergens in je zand een vrouw op mij wacht. En daarvoor moet ik mijzelf in wind veranderen.'
De woestijn bleef een paar tellen stil.
'Ik geef je mijn zand zodat de wind kan waaien. Maar alleen kan ik niets. Vraag hulp aan de wind.'

Er stak een lichte bries op. De commandanten keken naar de jongeman in de verte, die een taal sprak die ze niet kenden.
De alchemist glimlachte.

De wind kwam tot vlak bij de knaap en streelde zijn gezicht. Hij had zijn gesprek met de woestijn gehoord, want de wind weet altijd alles. Hij dwaalt door de wereld zonder ergens te beginnen en zonder ergens op te houden.
'Help mij,' zei de jongen tegen de wind. 'Ooit heb ik in jou de stem van mijn geliefde gehoord.'
'Wie heeft jou geleerd de taal van de woestijn en de wind te spreken?'
'Mijn hart,' antwoordde de jongen.
De wind had vele namen. Hier werd hij sirocco genoemd, omdat de Arabieren geloofden dat hij afkomstig was uit de waterrijke streken waar zwarte mensen woonden. In het verre land waar de jongen vandaan kwam, heette hij levant, omdat men geloofde dat hij het zand van de woestijn en de strijdkreten der Moren aandroeg. En wellicht dachten de mensen verder naar het noorden dat de wind ontstond in Andalusië. Maar de wind kwam nergens vandaan en ging nergens heen, en daarom was hij sterker dan de woestijn. Ooit zou men bomen in de woestijn kunnen planten en zelfs schapen houden, maar de wind zou men nooit kunnen beheersen.
'Jij kunt mij niet zijn,' zei de wind. 'Wij verschillen van hoedanigheid.'
'Dat is niet waar,' zei de jongen. 'Ik heb de geheimen van de alchemie leren kennen toen ik met jou door de wereld trok. Ik

draag de wind, de woestijnen, de oceanen, de sterren en alles wat er verder geschapen is in mij. Wij zijn gemaakt door dezelfde hand en we hebben dezelfde ziel. Ik wil zijn zoals jij, doordringen in alle hoeken, zeeën oversteken, het zand wegblazen dat over mijn schat ligt, de stem van mijn lief dichterbij halen.'

'Ik heb je gesprek met de alchemist gehoord,' sprak de wind. 'Hij zei dat alles zijn eigen legende heeft. Mensen kunnen niet veranderen in wind.'

'Leer mij om heel even wind te zijn,' zei de jongen. 'Zodat wij kunnen praten over de onbegrensde mogelijkheden van de mensen en de wind.'

De wind was nieuwsgierig aangelegd en wat de jongen daar zei was nieuw voor hem. Hij zou er dolgraag over willen praten, maar hij wist niet hoe hij mensen in wind moest veranderen. Terwijl hij toch zoveel kon! Hij maakte woestijnen, bracht schepen tot zinken, vernielde hele bossen en streek door steden vol muziek en vreemde geluiden. Hij dacht dat hij alles al deed en nu stond hier een jongeman die beweerde dat er nog meer dingen waren die de wind kon doen.

'Dat is wat men liefde noemt,' zei de jongen, toen hij zag dat de wind bijna zwichtte voor zijn verzoek. 'Als je van iemand houdt, kun je alles worden. Als je van iemand houdt, heb je geen enkele behoefte om te begrijpen wat er gebeurt, omdat alles binnen in je gebeurt, en kun je jezelf veranderen in wind. Mits de wind helpt natuurlijk.'

De wind was buitengewoon trots en werd boos om wat de jongen zei. Hij begon harder te waaien, zodat het zand van de woestijn opstoof. Maar ten slotte moest hij toegeven dat hij niet wist hoe hij mensen in wind moest veranderen, ook al was hij de hele wereld rond geweest. En dat hij de liefde niet kende.

'Op mijn tochten door de wereld heb ik gemerkt dat veel mensen naar de hemel kijken als ze over de liefde praten,' zei de wind, woedend dat hij zijn eigen beperkingen moest accepteren. 'Misschien kun je het beter aan de hemel vragen.'

'Help mij dan,' zei de jongen. 'Vul deze plek met stof, zodat ik in de zon kan kijken zonder blind te worden.'

De wind waaide toen uit volle kracht, en de hemel werd bedekt met stof, waarachter de zon nog slechts een gouden schijf was.

In het kamp werd het moeilijk om nog iets te zien. De woestijnmensen kenden die wind. Hij heette samoem en was erger dan een zeestorm–vonden zij omdat ze de zee niet kenden. De paarden hinnikten en de wapens waaiden onder.

Op de rots draaide een van de commandanten zich om naar de generaal en zei: 'Misschien kunnen we hier beter mee ophouden.'

Ze konden de jongen nauwelijks meer zien. Hun gezichten zaten verborgen achter de blauwe doeken en de ogen drukten alleen maar angstige verbazing uit.

'Ja, laten we hiermee ophouden,' drong een andere commandant aan.

'Ik wil de grootheid van Allah zien,' zei de generaal vol ontzag. 'Ik wil zien hoe mensen in wind veranderen.'

Maar in gedachten noteerde hij de namen van de twee mannen die vrees hadden getoond. Zodra de wind ging liggen, zou hij hen van hun functie ontheffen, want mensen uit de woestijn kennen geen angst.

'De wind zei tegen me dat jij de liefde kent,' zei de jongen tegen de zon. 'Als je de liefde kent, ken je ook de ziel van de wereld, die uit liefde bestaat.'

'Vanaf hier,' zei de zon, 'kan ik de ziel van de wereld zien. Zij staat in contact met mijn ziel en samen laten wij de planten groeien en de schapen ronddwalen op zoek naar schaduw. Vanaf hier–en dat is ver weg van de wereld–heb ik de zee leren kennen. Ik weet dat alles op aarde zal sterven als ik dichterbij kom, en dat de ziel van de wereld dan zal ophouden te bestaan. Dus kijken we elkaar aan en hebben elkaar lief, en ik geef haar leven en warmte en zij geeft mij een bestaansreden.'

'Jij kent de liefde,' zei de jongen.

'En ik ken de ziel van de wereld, want wij praten veel op deze eindeloze reis door het heelal. De ziel vertelt mij dat haar grootste probleem is dat tot nog toe alleen mineralen en planten hebben begrepen dat alles één is. En daarvoor hoeft ijzer niet hetzelfde te zijn als koper, en koper niet hetzelfde als goud. Elk vervult zijn specifieke taak in dat grote geheel, en alles zou een symfonie van vrede zijn geweest als de hand die dit alles geschreven heeft, was opgehouden na de vijfde scheppingsdag. Maar er volgde nog een zesde dag.'

'Jij bent wijs omdat je alles uit de verte gadeslaat,' antwoordde de jongen, 'maar de liefde ken je niet. Als er geen zesde scheppingsdag was geweest, zou de mens niet hebben bestaan en zou het koper altijd koper zijn gebleven en het lood altijd lood. Elk heeft zijn eigen legende, dat is waar ja, maar ooit zal die eigen legende vervuld zijn. Dan is het nodig in iets beters te veranderen en een nieuwe eigen legende te krijgen, totdat de ziel van de wereld werkelijk één geworden is.'

De zon dacht na en ging harder schijnen. De wind, die genoot van het gesprek, begon ook harder te waaien om te voorkomen dat de zon de jongen verblindde.

'Daarvoor bestaat de alchemie,' zei de jongen. 'Opdat ieder mens zijn schat zoekt en vindt, en daarna beter wil worden dan hij vooraf was. Het lood zal zijn rol blijven spelen tot de wereld geen lood meer nodig heeft; dan zal het moeten veranderen in goud. Dat doen de alchemisten. Zij tonen aan dat als wij ernaar streven om beter te worden dan we zijn, alles om ons heen ook beter wordt.'

'En waarom zeg je dat ik de liefde niet ken?' vroeg de zon.

'Omdat liefde niet stilstaan is zoals de woestijn, noch de wereld rondsnellen zoals de wind, noch alles uit de verte gadeslaan zoals jij. Liefde is de kracht die de ziel van de wereld verandert en verbetert. Toen ik voor het eerst doordrong in die ziel, dacht ik dat ze volmaakt was. Maar daarna zag ik dat ze het spiegelbeeld was van alle wezens en vol liefde en strijd zat. Wij zijn het die de ziel van de wereld voeden, en de aarde waarop wij leven zal beter of slechter worden naarmate wij beter of slechter zijn. En daar komt de kracht van de liefde in het spel, want als wij van iemand houden willen we altijd beter zijn dan we zijn.'

'Wat wil je van mij?' vroeg de zon.

'Dat je mij helpt in wind te veranderen,' antwoordde de jongen.

'De natuur kent mij als de wijste van alle schepselen,' zei de zon, 'maar ik weet niet hoe ik je in wind moet veranderen.'

'Met wie moet ik dan praten?'

De zon zweeg even. De wind wachtte ongeduldig, zat te popelen om over de hele wereld te verbreiden dat de wijsheid van de zon begrensd was. Ten slotte zag de zon in dat ze niet op kon tegen die jongen die de taal van de wereld sprak, en zei: 'Ga praten met de Hand die alles geschreven heeft.'

De wind gierde van vreugde en waaide harder dan ooit. Tenten werden uit de grond gerukt en de dieren trokken zich los uit hun leidsels. Op de rots klampten de mannen zich aan elkaar vast om niet weggeslingerd te worden.

Toen richtte de knaap zich tot de Hand die alles geschreven had. En in plaats van iets te zeggen, merkte hij dat het heelal zweeg, en hij zweeg eveneens.

Liefdeskracht sproot op uit zijn hart en de jongen begon te bidden. Het was een gebed dat hij nog nooit gezegd had, want het was een gebed zonder woorden en wensen. Hij zei geen dank omdat de schapen weidegrond hadden gevonden, smeekte niet om meer kristal te verkopen, vroeg niet om de vrouw die hij ontmoet had op zijn terugkeer te laten wachten. In de stilte die volgde begreep de jongen dat de woestijn, de wind en de zon eveneens zochten naar de tekens die die Hand had geschreven, dat ook zij probeerden hun weg te gaan en te begrijpen wat er geschreven stond op een simpele smaragd. Hij wist dat die tekens verspreid waren over de aarde en het heelal, en dat ze schijnbaar geen enkele reden of betekenis hadden, en dat woestijnen noch winden noch zonnen noch mensen wisten waarom ze geschapen waren. Maar die Hand had een reden voor dat alles, en alleen zij was in staat wonderen te verrichten, oceanen in woestijnen te veranderen en mensen in wind. Want alleen zij begreep dat een groter plan het heelal voortdreef naar een punt waar de zes dagen van de Schepping zouden veranderen in het grote werk.

En de jongen dook in de ziel van de wereld, en zag dat de ziel van de wereld een deel was van de ziel van God, en dat de ziel van God zijn eigen ziel was. En dat hij dus wonderen kon doen.

*

De samoem waaide die dag zoals hij nog nooit gewaaid had. Vele generaties lang vertelden de Arabieren elkaar de legende van een jongen die zichzelf veranderd had in wind, verwoestend door een legerkamp was geraasd en de macht van de belangrijkste generaal van de woestijn had getart.

Toen de samoem ging liggen, keek iedereen naar de plaats waar de jongen had gestaan. Hij was weg, stond naast een geheel door stof overdekte wachtpost aan de andere kant van het kamp.

Ze waren allemaal verbijsterd, op twee man na, die glimlachten: de alchemist, omdat hij zijn juiste leerling had gevonden, en de generaal, omdat de leerling de glorie van God had begrepen.

De volgende dag nam de generaal afscheid van de alchemist en de jongen, en gaf een escorte opdracht hen net zo lang te begeleiden als ze wilden.

*

Ze reden de hele dag door. Tegen het vallen van de avond kwamen ze bij een koptisch klooster. De alchemist stuurde het escorte weg en stapte van zijn paard af.

'Vanaf hier ga je alleen verder,' zei hij. 'Het is nog maar drie uur tot de piramiden.'

'Bedankt,' zei de jongen. 'U hebt mij de taal van de wereld geleerd.'

'Ik heb je alleen helpen herinneren wat je al wist.'

De alchemist klopte op de deur van het klooster. Een geheel in het zwart gehulde monnik kwam opendoen. Ze bespraken iets in het Koptisch en de alchemist nodigde de jongen mee naar binnen.

'Ik heb gevraagd of ik de keuken even mocht gebruiken,' zei hij.

Ze liepen naar de keuken van het klooster. De alchemist stak het vuur aan, en de monnik gaf hem wat lood, dat de alchemist smolt in een ijzeren kruik. Toen het lood geheel vloeibaar was geworden, haalde de alchemist dat vreemde gelige ei uit zijn tas. Hij raspte er een splinter af met de dikte van een haar, dompelde die in was en gooide hem in de pan met lood.

Het mengsel kreeg een rode kleur, als bloed. Toen haalde de alchemist de pan van het vuur en liet haar afkoelen. Ondertussen praatte hij met de monnik over de stammenoorlog.

'Die zal wel lang duren,' zei hij tegen de monnik.

De monnik vond het zeer vervelend. De karavanen stonden al tijdenlang in Gizeh te wachten tot de oorlog afgelopen was. 'Maar Gods wil geschiede,' zei hij.

'Precies,' beaamde de alchemist.

Toen de pan afgekoeld was, keken de jongen en de monnik er verbluft naar. Het lood was gedroogd in de ronde vorm van de pan, alleen was het geen lood meer, maar goud.

'Zal ik dit ook ooit leren?' vroeg de jongen.

'Dit was mijn eigen legende, niet de jouwe,' antwoordde de alchemist. 'Maar ik wilde je laten zien dat het kan.'

Ze liepen terug naar de kloosterdeur. Daar verdeelde de alchemist de schijf in vier stukken.

'Dit is voor u,' zei hij, terwijl hij de monnik een kwart toestak. 'Voor uw gastvrijheid jegens de pelgrims.'

'Dit is een loon dat mijn gastvrijheid ver overstijgt,' antwoordde de monnik.

'Zegt u dat nooit meer. Het leven kan het horen en u de volgende keer minder geven.'

Daarna liep hij naar de jongen.

'Dit is voor jou. Om je terug te betalen wat je bij de generaal hebt achtergelaten.'

De jongen wilde zeggen dat dit veel meer was, maar hij zweeg, want hij had de opmerking van de alchemist tegen de monnik gehoord...

'Dit is voor mij,' zei de alchemist, terwijl hij een stuk wegborg. 'Omdat ik terug moet door de woestijn, en er woedt een stammenoorlog.'

Toen pakte hij het vierde stuk en gaf ook dat aan de monnik.

'Dit is voor de jongen. Voor het geval hij het nodig heeft.'

'Maar ik ga nu op zoek naar mijn schat,' zei de jongen, 'ik ben er vlakbij!'

'En ik weet zeker dat je hem ook zult vinden,' sprak de alchemist.

'Waarom dit dan?'

'Omdat je al twee keer, eerst aan de dief en daarna aan de generaal, het geld bent kwijtgeraakt dat je op je reis had verdiend. Ik ben een oude bijgelovige Arabier en geloof in de spreekwoorden van mijn land. En er is er een dat zegt: "Alles wat een keer gebeurt, hoeft niet nog eens te gebeuren, maar alles wat twee keer gebeurt, gebeurt beslist een derde keer." '

Ze sprongen op hun paarden.

*

'Ik wil je een verhaal vertellen over dromen,' zei de alchemist.

De jongen stuurde zijn paard wat dichterbij.

'Ten tijde van keizer Tiberius woonde er in Rome een uitzonderlijk goede man die twee zonen had. De een was soldaat en werd naar de verste regionen van het rijk gestuurd. De andere zoon was dichter en bracht heel Rome in verrukking met zijn prachtige verzen.

Op zekere nacht had de oude man een droom. Een engel verscheen hem die zei dat de woorden van een zijner zonen over de hele wereld bekend zouden worden en blijven. De oude man werd die nacht dankbaar en wenend wakker, want het leven was gul en had hem iets geopenbaard wat iedere vader met trots zou vervullen.

Kort nadien verongelukte de oude man bij een poging een kind te redden dat verpletterd dreigde te worden door de wielen van een wagen. Omdat hij zich heel zijn leven fatsoenlijk en rechtvaardig had gedragen, ging hij rechtstreeks naar de hemel en ontmoette daar de engel die hem in zijn droom was verschenen.

"U was een goed mens," zei de engel tegen hem. "U hebt vol liefde geleefd en bent waardig gestorven. Ik kan nu een wens van u vervullen."

"Het leven is ook goed geweest voor mij," antwoordde de oude man. "Toen u verscheen in een droom, voelde ik dat al mijn inspanningen terecht waren geweest. Want de verzen van mijn zoon zullen door de eeuwen heen onder de mensen blijven. Voor mijzelf heb ik niets te wensen; maar welke vader zou niet trots zijn als hij de roem zag van degene die hij heeft opgevoed en grootgebracht? Ik zou dus graag die woorden van mijn zoon in een verre toekomst zien."

De engel tikte de oude man op zijn schouder en beiden werden overgebracht naar een verre toekomst. Om hen heen verscheen een immense plaats met duizenden mensen, die een vreemde taal spraken.

De oude man weende van vreugde.

"Ik wist dat de gedichten van mijn zoon mooi en onsterfelijk waren," zei hij tussen zijn tranen door tegen de engel. "Ik zou graag willen dat u mij vertelde welke van zijn verzen die mensen hier herhalen."

Daarop liep de engel teder naar de oude man toe, en ze gingen zitten op een van de banken die daar stonden.

"De gedichten van uw zoon waren zeer populair in Rome,"

zei de engel. “Iedereen hield ervan en vermaakte zich ermee. Maar toen het bewind van Tiberius eindigde, werden ook zijn verzen vergeten. Deze woorden zijn van uw zoon die bij het leger ging.”

De oude man keek verbaasd naar de engel.

“Uw zoon ging dienen in een ver oord en werd centurio. Ook hij was een goed en rechtvaardig man. Op zekere middag werd een van zijn knechten ziek en dreigde te sterven. Toen hoorde uw zoon van een rabbi die zieken genas en hij zocht dagenlang naar die man. Onderweg ontdekte hij dat de man die hij zocht de Zoon van God was. Hij ontmoette andere mensen die door hem genezen waren, leerde zijn lessen en bekeerde zich tot zijn geloof, ook al was hij een Romeinse honderdman. Tot hij op een morgen bij de rabbi kwam.

Hij vertelde hem dat hij een zieke knecht had. En de rabbi maakte zich gereed om naar zijn huis te gaan. Maar de centurio was een gelovig man, en toen hij de rabbi diep in de ogen keek, begreep hij dat hij werkelijk tegenover de Zoon van God stond. Dit zijn de woorden van uw zoon,” zei de engel tegen de oude man. “Het zijn de woorden die hij op dat moment sprak tot de rabbi, en die nooit meer vergeten zijn: *Heer, ik ben niet waardig dat gij onder mijn dak komt, maar spreek slechts één woord en mijn knecht zal genezen.*”’

De alchemist trok aan de teugels van zijn paard.

‘Wat hij ook doet, ieder mens speelt altijd de hoofdrol in de geschiedenis van de wereld,’ zei hij. ‘En meestal weet hij dat niet.’

De jongen glimlachte. Hij had nooit gedacht dat het leven zo belangrijk kon zijn voor een herder.

‘Vaarwel,’ zei de alchemist.

‘Vaarwel,’ antwoordde de jongen.

*

De jongen reed tweeënhalf uur door de woestijn, aandachtig luisterend naar wat zijn hart zei. Want dat zou hem de exacte plaats onthullen waar de schat verborgen lag.

'Waar je schat ligt, daar zal ook je hart zijn,' had de alchemist gezegd.

Maar zijn hart sprak over andere dingen. Het vertelde vol trots het verhaal van een herder die zijn schapen had verlaten om een droom te volgen die hij twee nachten achtereen had gehad. Het verhaalde van de eigen legende en van de vele mensen die ze hadden waargemaakt, die op zoek waren gegaan naar verre landen of knappe vrouwen, zonder zich iets aan te trekken van de opvattingen en vooroordelen van hun tijdgenoten. Het sprak gedurende heel die tijd over reizen, ontdekkingen, boeken en grote veranderingen.

Toen hij onder aan een duin stond waar hij overheen moest, fluisterde zijn hart hem in: 'Let op de plaats waar je huilt. Want daar ben ik en daar is je schat.'

De jongen begon langzaam te klimmen. Aan de met sterren bezaaide hemel prijkte opnieuw een vollemaan; ze hadden een maand door de woestijn getrokken. Door het schaduwspel van de manenschijn leken de duinen net golven van een zee, en hij dacht terug aan de dag dat hij een paard de vrije teugel had gegeven in de woestijn, wat voor de alchemist een goed teken was geweest. Tenslotte verlichtte de maan de stilte van de woestijn en de reis die mensen maken die op zoek zijn naar een schat.

Toen hij een paar minuten later boven aankwam, sprong zijn hart op. In het licht van de vollemaan en het witte zand verhieven zich daar majestueus en plechtig de piramiden van Egypte.

Hij viel op zijn knieën en huilde. Dankte God dat hij had geloofd in zijn eigen legende, en dat hij achtereenvolgens een koning, een koopman, een Engelsman en een alchemist had ontmoet. En vooral een vrouw uit de woestijn, die hem had laten inzien dat liefde een mens niet afscheidt van zijn eigen legende.

De vele eeuwen van de piramiden van Egypte zagen vanuit de hoogte op hem neer. Als hij wilde kon hij nu teruggaan naar de oase, Fatima tot vrouw nemen en leven als een eenvoudige schaapherder. Want ook de alchemist, die toch de taal van de wereld verstond en lood in goud kon veranderen, woonde in de woestijn. Hij hoefde niemand zijn kennis en kunde te tonen. Terwijl hij op weg was naar zijn eigen legende, had hij alles geleerd wat hij nodig had en alles beleefd waarvan hij gedroomd had.

Maar hij was bij zijn schat gekomen, en een werk is pas compleet wanneer het doel bereikt is. Daar, op dat duin, had hij gehuild. Hij keek naar de grond en zag dat op de plaats waar zijn tranen waren gevallen, een kever liep. En kevers, zo had hij tijdens zijn lange verblijf in de woestijn geleerd, waren in Egypte het symbool van God.

Dat was opnieuw een teken. En hij begon te graven, na aan de uitspraak van de kristalhandelaar te hebben gedacht: nee, niemand kon een piramide bouwen in zijn tuin, ook al stapelde hij heel zijn leven stenen op.

*

Hij groef de hele nacht door op de aangegeven plek, zonder iets te vinden. Vanaf de top van de piramiden sloegen de eeuwen hem zwijgend gade. Maar de jongen gaf niet op: hij groef en groef, vechtend met de wind, die herhaaldelijk het zand terugblies in het gat. Zijn handen werden moe en gingen kapot van het graven, maar hij geloofde zijn hart. En zijn hart had gezegd dat hij moest graven waar zijn tranen vielen.

Toen hij bezig was een paar stenen los te wrikken die in de weg lagen, hoorde hij ineens voetstappen. Er kwamen een paar mensen naar hem toe. De maan stond achter hen en daardoor kon hij hun ogen en gezichten niet zien.

‘Wat ben jij daar aan het doen?’ vroeg een van de gestalten.

De jongen gaf geen antwoord, maar hij voelde wel angst. Hij

moest nu een schat opgraven en daarom was hij bang.

'Wij zijn vluchtelingen van de stammenoorlog,' zei een andere gestalte. 'We moeten weten wat je daar verbergt. We hebben geld nodig.'

'Ik verberg niets,' antwoordde de jongen.

Maar een van de nieuwkomers greep hem vast en trok hem uit het gat. Een ander begon zijn zakken te doorzoeken. En ze vonden het stuk goud.

'Hij heeft goud,' zei een van de overvallers.

De maan bescheen het gezicht van degene die hem fouilleerde en in zijn ogen zag hij de dood.

'Dan heeft hij daar natuurlijk nog meer verstopt,' zei een ander.

En ze dwongen hem te graven, maar er zat niets. Toen werden ze kwaad en begonnen hem te slaan. Ze ranselden hem af tot de eerste zonnestralen aan de hemel verschenen. Zijn kleren waren aan flarden en hij voelde dat zijn dood nabij was.

'Wat heb je aan geld als je moet sterven? Geld is maar heel zelden in staat iemand van de dood te bevrijden,' had de alchemist gezegd.

'Ik ben een schat aan het zoeken!' schreeuwde hij ten slotte. En al was zijn mond kapot en gezwollen van de slagen, hij vertelde zijn overvallers dat hij twee keer gedroomd had dat er een schat begraven lag bij de piramiden van Egypte.

Degene die de hoofdman van de bende leek, bleef lange tijd zwijgen. Toen zei hij tegen een van hen: 'Laat hem maar. Hij heeft verder niks. Dat goud zal hij wel gejat hebben.'

De jongen viel voorover in het zand. Twee ogen zochten die van hem; het was de baas van de rovers. Maar hij keek naar de piramiden.

'Kom, we gaan,' zei de hoofdman tegen de anderen.

Daarna richtte hij zich tot de jongen: 'Jij gaat niet dood. Je blijft leven en zult leren dat de mens niet zo stom kan zijn. Hier, op de plek waar jij ligt, heb ik ook een paar keer dezelfde droom gehad, bijna twee jaar geleden. Ik droomde dat ik naar Spanje moest gaan, een vervallen kerk zoeken waar de herders vaak sliepen met hun kudden, een kerk met een vijgenboom in de sacristie. Als ik bij de wortels van die vijgenboom zou graven, zou ik een verborgen schat vinden. Maar ik ben niet zo gek om door een woestijn te trekken omdat ik een paar keer dezelfde droom heb gehad.'

Toen ging hij weg.

De jongen krabbelde moeizaam overeind en keek nog een keer naar de piramiden. Die lachten naar hem en hij lachte terug, zijn hart vervuld van geluk.

Hij had de schat gevonden.

Epiloog

De jongen heette Santiago. Hij kwam bij de verlaten kerk aan toen het al bijna donker was. De vijgenboom stond nog steeds in de sacristie, en de sterren waren nog altijd te zien door het half vernielde dak. Hij herinnerde zich dat hij daar ooit overnacht had met zijn schapen, en dat het op zijn droom na een rustige nacht was geweest.

Nu had hij geen kudde bij zich, maar een schop.

Hij bleef lange tijd naar de lucht kijken. Toen haalde hij een fles wijn uit zijn tas en nam een slok. Hij herinnerde zich de nacht in de woestijn toen hij net zo naar de sterren had gekeken en wijn had gedronken met de alchemist. Hij dacht aan de vele wegen die hij was gegaan, en aan de vreemde manier waarop God hem de schat had gewezen. Als hij niet in terugkerende dromen had geloofd, had hij de zigeunerin niet ontmoet, en ook de koning niet en de overvaller en... Goed, het is een lange lijst, maar de weg was aangegeven door de tekens en ik kon me niet vergissen, zei hij tegen zichzelf.

Ongemerkt viel hij in slaap en toen hij wakker werd, stond de zon al hoog aan de hemel. Toen begon hij te graven bij de wortels van de vijgenboom.

Oude tovenaar, dacht de jongen. U wist alles. U liet zelfs een beetje goud achter zodat ik terug kon komen bij deze kerk. De monnik lachte toen hij me in vodden voor de deur zag staan. Had u me dat niet kunnen besparen?

'Nee,' hoorde hij de wind zeggen: 'Als ik het je had verteld, had je de piramiden niet gezien. Ze zijn mooi, vind je niet?'

Het was de stem van de alchemist. De jongen glimlachte en ging door met graven. Een halfuur later stootte zijn schop op iets hards. Een uur later had hij een kist vol oude Spaanse gouden munten voor zich staan. Er zaten ook edelstenen bij, gouden maskers met witte en rode veren, met briljanten bezette stenen afgodsbeelden. Stukken buit van een verovering die het land reeds lang vergeten was en waarover de veroveraar niets verteld had aan zijn kinderen.

De jongen haalde Urim en Tummim uit zijn tas. Hij had de twee stenen maar één keer gebruikt, die ene morgen toen op de markt. Het leven en zijn weg waren steeds vol tekens geweest.

Hij legde Urim en Tummim onder in de gouden kist. Ze maakten ook deel uit van zijn schat, want ze herinnerden hem aan een oude koning die hij nooit meer zou ontmoeten.

Het leven is werkelijk gul voor wie zijn eigen legende leeft, dacht de jongen. Toen schoot hem te binnen dat hij naar Tarifa moest om een tiende van dit alles aan de zigeunerin te geven. Wat zijn ze toch sluw, die zigeuners, dacht hij. Misschien omdat ze zoveel reisden.

Maar toen stak de wind weer op, de levant, de wind die uit Afrika kwam. Hij bracht niet de lucht van de woestijn, en ook geen dreiging van een Moorse invasie, nee, hij droeg een geur aan die hij maar al te goed kende en het geluid van een kus – die langzaam, langzaam dichterbij kwam tot hij landde op zijn lippen.

De jongen glimlachte. Het was de eerste keer dat ze dat deed.

'Ik kom, Fatima,' zei hij.

Nieuws over Paulo Coelho

Bent u geïnteresseerd in Paulo Coelho en zijn werk? Meld u dan aan voor ons Paulo Coelho-malingbestand. U wordt dan regelmatig op de hoogte gehouden van nieuwe boeken van Paulo Coelho of nieuws over de schrijver.

Meld u aan via onze website www.paulocoelho.nl of stuur een e-mail naar arbeiderspers@wpguitgevers.nl met als onderwerp 'Coelho-mailingbestand'.
Vermeld a.u.b. de volgende gegevens:
- naam
- adres
- telefoonnummer
- e-mailadres

Aan ons verstrekte gegevens worden opgenomen in het bestand van WPG-uitgevers, maar niet aan derden verstrekt. U kunt uw gegevens opvragen om ze te laten corrigeren of verwijderen door een e-mail te sturen naar arbeiderspers@wpguitgevers.nl.